Charmed

ZAUBERHAFTE SCHWESTERN

Band 3

Der purpurne Fluch

Roman
von F. Goldsborough

Deutsch von Torsten Dewi

Wunderlich Taschenbuch

Erstveröffentlichung bei Pocket Books, New York 1999
Titel der amerikanischen Originalausgabe: *The Crimson Spell*
von F. Goldsborough

Das Buch »Charmed – Zauberhafte Schwestern;
Der purpurne Fluch« von F. Goldsborough entstand auf der Basis
der gleichnamigen Fernsehserie von Spelling Television,
ausgestrahlt bei ProSieben.

Veröffentlicht im Rowohlt Taschenbuch Verlag,
Reinbek bei Hamburg, August 2004
Lizenzausgabe mit freundlicher Genehmigung
der Egmont vgs verlagsgesellschaft, Köln

Umschlaggestaltung Cordula Schmidt
(Foto: © Spelling Television 2000)
Druck und Bindung Clausen & Bosse, Leck
Printed in Germany
ISBN 3 499 26552 4

Prolog

Der Meister stand vor einem hohen Tisch, der in dunklen Samt gehüllt war. Wie alle anderen im Raum trug er eine lange schwarze Kapuzenrobe, die seine beeindruckende Statur nur erahnen ließ. An seiner Hüfte hing ein tödlich aussehender, zweischneidiger Dolch. Das Licht von unzähligen schwarzen Kerzen, die im Raum verteilt waren, spiegelte sich in seinen grünen Augen. Sie funkelten unter der Kapuze wie zwei Flammen in einem alles verschlingenden Schatten.

Das Haus hatte einst zu den prächtigsten in San Francisco gehört. Noch immer ging eine gewisse Vornehmheit von den hohen gewölbten Decken und den Marmorböden aus, doch die mächtigen Fenster waren vernagelt, die eleganten Möbel fort, und über allem lag eine dicke Schicht aus Staub und Schmutz.

Das Haus war verlassen, weil einsturzgefährdet, und sollte bald abgerissen werden – doch heute Nacht war es bevölkert von schwarz gewandeten Gestalten, deren Schatten auf den alten Mauern tanzten.

»Es ist die Zeit für ein Ende und einen Anfang«, erhob sich die Stimme des Meisters durch den Salon, »es gibt eine Person, die sich uns als Mitglied der Familie ausgegeben hat. Erst heute habe ich erfahren, dass sie eine Hexe ist – und gegen uns arbeitet!«

Ein bestürztes Raunen ging durch die Reihen.

»Heute Nacht wird ihr Verrat ein Ende nehmen«, verkündete der Meister, »und wir werden ein neues Mitglied in unseren Kreis aufnehmen. Lasst uns beginnen.«

Er stimmte einen lateinischen Gesang an, und die anderen fielen mit ein. Während der Chor erklang, streute der Meister einige Kräuter in einen dampfenden Kessel auf dem Tisch. Dann gab er ein Fläschchen Blut, die Beine einer Tarantel und ein orangefarbenes Pulver hinzu, welches einen üblen Gestank verursachte. Der Gesang wurde lauter.

Mit der Spitze seines Dolches zeichnete der Meister ein komplexes Zeichen in die Luft über seinem Kopf. Die Schneide begann zu glühen, und grelle Blitze schossen aus der Spitze. Sie zuckten auf einen Kristall zu, der in der Mitte des Raumes hing.

Die Blitze umschwirrten den Edelstein, summend und zitternd tanzten sie ihren Reigen. Der Kristall begann zu leuchten und verbreitete ein fahles weißes Licht in dem dunklen Raum.

»Wir sind bereit«, verkündete der Meister. »Bringt die Hexe herein.«

Zwei Mitglieder des Kreises gingen hinaus und kamen kurz darauf mit einer jungen Frau wieder, die gefesselt und geknebelt war. Sie schleppten die Gefangene nach vorne in den Raum und stießen sie dann grob zu Boden, so dass sie vor dem Meister knien musste. Dieser bedeutete einem der Hexer, ihr den Stoffknäuel aus dem Mund zu nehmen.

»Dies ist deine letzte Chance, Hexe«, sagte der Meister. »Wirst du den Mächten der Dunkelheit dienen? Wirst du dem Hexenorden deine Gefolgschaft schwören?«

Die junge Frau wand sich verzweifelt in ihren Fesseln. »Niemals!« Sie spuckte vor dem Meister auf den Boden.

»Das wirst du bereuen«, zischte der Anführer böse. »Legt sie unter den Kristall!«

»Nein!«, schrie die Frau. »Bitte!« Doch die Mitglieder des Hexenzirkels hatten ihr Opfer schon gepackt und zerrten es unter den glühenden Kristall.

Der Meister stimmte einen neuen Gesang an. Wieder stimmte seine Anhängerschaft mit ein. Der Chor wurde lauter, schneller, kraftvoller. Der Kristall glühte hell auf. Ein blendendes Licht erfüllte den Raum.

»Neeeeiiiinnn!«, schrie die Hexe gepeinigt, und ihr Körper zuckte vor Schmerzen. Sie riss die Hände hoch, um sich vor dem Licht zu schützen.

Die Haut auf ihren Händen begann sich schwarz zu verfärben und Blasen zu werfen. Die Blasen brachen auf und Knochen und Muskeln traten hervor. Die junge Frau kreischte, während ihre Haut aufplatzte, um dann wie flüssiges Wachs von ihrem Körper herabzutropfen. Entsetzen lag auf ihrem Gesicht, das nun ebenfalls langsam in sich zusammenfiel.

Ein letzter Schmerzensschrei entfuhr ihren Lippen. Dann erstarb es in einem Gurgeln, als die Gesichtszüge der Frau endgültig zerliefen. Der Körper sackte zusammen und zerfloss, bis nur noch eine kleine breiige Pfütze übrig war.

Der weiße Kristall strahlte jetzt hell wie eine kleine Sonne.

»Wie wir es wünschen, so wird es sein«, sagte der Meister nun. »Der Kristall hat die Kraft der Hexe in sich aufgenommen. Und nun gehört diese Kraft uns.« Seine grünen Augen spähten in den Raum. »Adrienne«, befahl er, »hol den neuen Anwärter.«

Eine junge Frau mit langen, aschblonden Haaren verließ den Raum. Sekunden später kehrte sie mit einem gut aussehenden, kräftig gebauten Asiaten zurück. Er war bis zur Hüfte unbekleidet.

»Kenji Yamada«, intonierte der Anführer. Der junge Mann kniete vor dem Altar. »Bist du bereit, ein Hexer zu werden und dich würdig zu erweisen als Mitglied im Kreis der Neuen Sonne?«

»Ich bin es«, antwortete der junge Mann.

Der Meister steckte einen Finger in die Glut direkt unter dem Kessel und zeichnete dann mit der Asche ein umgedrehtes Pentagramm auf die Brust des Mannes.

»Streck deine Hand vor«, befahlt er.

Der Mann zögerte, tat aber dann doch, wie ihm geheißen. Der Meister nickte, und Adrienne trat an seine Seite. Sie kam mit einem Dolch herbei und zog die Klinge mit einer schnellen Bewegung über die Handfläche des Hexenanwärters.

Kenji schrie überrascht auf und machte eine Faust.

Ein weiterer Hexer trat hervor und hielt einen goldenen Kelch unter die Faust, um jeden Tropfen Blut aufzufangen, den Kenji vergoss.

»Du bist nun an uns gebunden«, sagte der Anführer. »Bei der Dunkelheit von Mond, Wasser, Erde, Himmel, Wind und Feuer. Dein Blut ist nun Teil unseres Blutes.«

Ernst wiederholte der junge Mann die Worte. »Bei der Dunkelheit von Mond, Wasser, Erde und Himmel, Wind und Feuer.«

»Schwörst du, zu gehorchen und unseren Willen ohne Zögern umzusetzen?«, fragte der Meister.

»Ich schwöre, zu gehorchen und den Willen des Kreises ohne Zögern umzusetzen«, antwortete Kenji.

»Verstehst und akzeptierst du die Bedingungen? Bedenke, wenn du je deinen Schwur brichst oder den Hexenbund verrätst, wird der Preis dein Leben sein.«

Der junge Mann zögerte den Bruchteil einer Sekunde, bevor er antwortete. »Ich akzeptiere dass, wenn ich meinen Schwur breche oder den Hexenbund verrate, der Preis mein Leben sein wird.«

»Erhebe dich!«, befahl der Anführer. Eine schwarze Robe wurde dem jungen Mann um die Schultern gelegt. »Du magst nun deinen Platz unter den anderen Mitgliedern des Kreises einnehmen.«

Kenji stand auf und ging zu der Gruppe.

»Nun«, fuhr der Anführer fort, »gibt es noch ein anderes Thema, dem wir uns heute Abend widmen müssen. Es ist sehr wichtig, denn es gefährdet unsere Existenz wie nichts zuvor.« Er machte eine kurze Pause. »Ich habe von drei Schwestern erfahren. Sie stammen aus einer sehr alten und sehr mächtigen Blutlinie. Erst vor kurzem erhielten sie ihre Kräfte. Zusammen sind sie stärker als alles, was wir bisher erlebt haben. Doch: Sie haben sich dem Guten verschrieben und kämpfen gegen die dunkle Seite. Wenn sie uns finden, bevor wir sie finden, werden sie versuchen, uns zu vernichten.« Er drehte sich zu dem Kristall und erhob seine Hände. »Darum haben wir keine Wahl. Wir müssen sie finden und zerstören, um ihre Kräfte für uns zu erlangen!«

Ein junger Mann aus den hinteren Reihen meldete sich zu Wort. »Wenn sie so mächtig sind, wie Ihr sagt, Meister, wie sollen wir sie dann bekämpfen?«

Der Meister drehte sich ihm zu. »Wir müssen ihnen nahe kommen und herausfinden, was genau ihre Kräfte sind. Dann werden wir die Kräfte gegen sie wenden. Ich werde euch, meine kleinen Spinnen, dazu nutzen, sie in unser Netz zu locken. Einige von euch haben bereits Kontakt aufgenommen.« Sein Blick fiel auf das neue Mitglied. »Du wirst uns bei dieser Aufgabe helfen – als Teil deiner Initiation, Kenji. Verstehst du?«

»Ich verstehe«, antwortete Kenji.

»Gut.« Der Meister lächelte. »Unser Kampf beginnt schon heute Nacht.«

1

PIPER HALLIWELL SAH sich missmutig um. Wie es aussieht, werde ich bis zum Morgengrauen hier sein, dachte sie, als sie die Unordnung im P3 betrachtete. Es war schon weit nach Mitternacht, und ihr Club hatte bereits geschlossen. Die Tische standen voll mit Horsd'oeuvres-Tabletts, und auf der Theke stapelten sich Bierflaschen und Gläser. Nur die Bühne sah aus wie immer, doch fehlte nun jede Spur von der brasilianischen Band, die heute Abend den Laden in Schwung gebracht hatte.

Neue Bands zu erleben war sicherlich einer der Vorteile von Pipers neuer Karriere, aber die Aufräumerei hinterher war definitiv keiner.

Wessen Idee war es eigentlich gewesen, diesen Laden aufzumachen? Ach ja. Piper kicherte. Meine eigene.

Sie atmete tief durch und griff nach einem Kübel. Wenn sie es jetzt nicht anging, würde sie es heute nicht mehr ins heimische Bett schaffen. Als sie sich gerade nach einem schmutzigen Teller streckte, klopfte es energisch an der Tür. Piper erschrak.

Wer konnte das denn sein? Sie war allein im Lokal und fühlte sich ein wenig unwohl bei dem Gedanken an einen nächtlichen Besucher, zumal dienstagnachts auf den Straßen für gewöhnlich nicht viel los war. Moment, korrigierte sie sich sogleich, während sie einen Blick auf die Uhr warf und sich auf den Weg zur gläsernen Eingangstür machte, es ist schon Mittwochmorgen.

Sie spähte durch das Sicherheitsgitter und war erleichtert, als sie ihre Schwestern Prue und Phoebe erkannte, die im feinen Nieselregen standen und sie angrinsten.

Mit einem müden Lächeln öffnete Piper Tür und Gitter. »Was macht ihr denn hier?«, fragte sie. »Solltet ihr nicht schon längst schlafen?«

Phoebe warf die Kapuze ihrer Fleece-Jacke zurück und trat ein. »Schön wär's«, maulte sie. »Aus irgendeinem Grund konnte ich nicht schlafen. Also ging ich nach unten, um ein bisschen fernzusehen. Und da saß Prue …«

»Ich konnte auch nicht schlafen«, erklärte Prue. Sie fuhr sich mit dem Finger durch das dunkle, feuchte Haar und hob die Schultern. »Ich bin heute den ganzen Tag irgendwie aufgedreht gewesen.«

»Also haben wir uns gedacht, wir kommen dich besuchen«, sagte Phoebe. »Nur um mal einen schwesterlichen Klönschnack zu halten. Und um unsere, äh, Investition zu prüfen. Welche, wenn ich das mal so sagen darf, momentan etwas mitgenommen aussieht.«

Piper lächelte. Ihren Schwestern hatte sie es zu verdanken, dass sie das *P3* halten konnte. Sie hatten geholfen, den Laden zu finanzieren, und nun war er ein großer Erfolg. Piper hätte es ohne die beiden nie geschafft. »Ihr zwei seid definitiv durchgeknallt, dass ihr so spät noch hierher kommt«, sagte sie und deutete auf das Chaos im Raum, »willkommen bei Hempels unterm Sofa.«

Prue rümpfte die Nase. »Sind nicht die Kellner und Barleute dafür zuständig, am Abend sauber zu machen?«

»Ja«, pflichtete Phoebe bei. »Kannst du dich nicht um die Drecksarbeiten drücken? Immerhin bist du doch der Boss.«

»Normalerweise schon. Und meine Leute sind auch wirklich klasse. Aber in der Woche arbeiten wir nur mit reduzierter Besetzung, und Joey, die Bedienung, hat sich kurz vor Schluss noch die Hand an einer zerbrochenen Flasche aufgeschnitten, und deshalb mussten Laura und Craig, die Kellnerin und der Barmann, ihn zur Notaufnahme bringen.«

»Oh«, zischelte Prue. »Das tut weh.«

»Er wird schon wieder«, meinte Piper. »Der Koch hat die Küche noch sauber gemacht. Ich muss eigentlich nur noch das Geschirr in die Spülmaschinen räumen, die Flaschen in die Altglas-Container werfen und dann einmal feucht durchwischen.«

Prue zog den Regenmantel aus, unter dem sie eine schwarze Jogginghose und ein rotes Kapuzenshirt trug. »Ich schätze, dann sind *wir* wohl deine Putzmannschaft«, sagte sie seufzend. Dann warf sie Phoebe einen bissigen Blick zu. »Ich hätte es ja wissen müssen. Wann immer ich mich auf eine deiner Ideen einlasse, bin ich am Ende die Gelackmeierte«, witzelte sie halbherzig.

Phoebe sah Prue gespielt beleidigt an und zog dann ihre Fleece-Jacke aus. Sie trug das babyblaue Top ihres Schlafanzugs zu einer weiten Stoffhose. »Woher hätte ich denn wissen sollen, dass hier Berge von schmutzigem Geschirr auf uns warten?«

»Hallo? Bist du nicht diejenige von uns, die in die Zukunft sehen kann?«, fragte Prue.

»Du weißt, dass ich meine Visionen nicht steuern kann«, protestierte Phoebe. »Ganz im Gegensatz zu euch beiden – ihr könnt eure Kräfte immer dann einsetzen, wann es euch passt!«

»Wo wir gerade dabei sind«, warf Piper ein, bevor das Gespräch in einen lupenreinen Zank ausarten konnte. »Ist einer von euch aufgefallen, wie selten wir in letzter Zeit unsere Kunst einsetzen mussten? Es ist ziemlich ruhig geblieben. Keine Hexer, keine Geister, keine seltsamen Erscheinungen – absolut nichts Ungewöhnliches.«

»Das habe ich auch gemerkt«, sagte Prue. »Es ist ja ganz nett, mal eine Atempause zu haben, aber ich frage mich ständig, wann der nächste Dämon aufkreuzt. Diese Friedhofsruhe ... das ist mir nicht geheuer.«

Piper schüttelte den Kopf. Wie abgefahren, dachte sie. Uns kommt das Leben schon komisch vor, wenn es mal normal verläuft. Sie dachte daran zurück, wie einfach alles gewesen war, bevor Phoebe das *Buch der Schatten* auf dem Dachboden gefunden hatte. Das Buch war eine Sammlung von Sprüchen und Flüchen ihrer Vorfahren, und es war der erste Hinweis darauf gewesen, dass die Halliwell-Schwestern Hexen waren. Als Phoebe einen der Sprüche laut vorgelesen hatte, was noch gar nicht so lange her war, da waren die geheimen Kräfte der Schwestern plötzlich und unerwartet aktiviert worden.

Die Kräfte selbst waren eigentlich ziemlich cool. Phoebe hatte Visionen von der Zukunft – und manchmal auch von der Vergangenheit. Prue beherrschte fortan Telekinese und konnte Gegenstände nur mit Geisteskraft bewegen. Und Piper konnte die Zeit einfrieren – was mitunter überaus gelegen kam. Aber der Pferdefuß bei der Sache war, dass die Kräfte böse Mächte wie ein Magnet anzuziehen schienen.

Phoebe rollte mit den Augen. »Nun macht aber mal ’nen Punkt, Mädels. Diese Pause ist doch echt klasse. Ich kann seit langer Zeit endlich ein paar von den Sachen machen, die ich schon immer mal tun wollte.«

Prue hob eine Augenbraue. »Zum Beispiel, dir einen Job suchen, oder?«, fragte sie.

Piper seufzte. Prue wollte nicht bösartig zu Phoebe sein. Sie konnte einfach nur nicht verstehen, dass es der jüngsten Halliwell-Schwester nichts ausmachte, arbeitslos herumzuhängen. Also triezte sie Phoebe ständig damit, was regelmäßig zu Streit führte.

Phoebe warf Prue einen düsteren Blick zu. »Ganz sicher nicht. Ich nehme Karate-Unterricht. Habe vor zwei Wochen damit angefangen und bin jetzt ganz offiziell ein Weiß-Gurt.«

»Ein Weiß-Gurt?«, fragte Piper verständnislos. Sie hatte immer nur von Schwarz-Gurten gehört.

»Das heißt, dass ich noch Anfänger bin«, erklärte Phoebe. »Man fängt mit einem weißen Gurt an und arbeitet sich dann durch die Farben hoch bis zum Schwarz-Gurt.«

»Warum hast du uns nichts davon gesagt?«, fragte Prue.

»Ich hatte Angst, dass ich es vielleicht nach einer Woche wieder schmeißen würde«, gab Phoebe zu, »aber jetzt stehe ich total auf diesen Sport. Ich lerne gerade die grundlegenden Schläge, Tritte und Blocks. Schaut mal.« Sie gab einen lauten Schrei von sich und schlug mit der Faust ein Loch in die Luft.

»Das scheint mir eine echte Karrierechance zu sein«, kommentierte Prue.

»Prue«, warnte Piper, »fang nicht schon wieder an.« Sie stöhnte auf, als sie einen schweren Stapel Geschirr hochwuchtete und sich in Richtung Kuche aufmachte.

Phoebe streckte das Kinn vor. »Wenn wir wieder einmal auf einen Dämon oder einen Hexer treffen, dann könnt ihr ihn ja mit euren Kräften aufhalten, aber was mache ich? Ich bin quasi hilflos«, verkündete sie. »Ich würde sagen, Karate ist da genau das Richtige.« Sie folgte Piper mit einem weiteren Geschirrstapel in die Küche.

»Was ist mit dir?«, fragte Piper, als sie wieder in den Saal des Clubs zurückkam. »Hast *du* denn irgendwas Nennenswertes während dieser Ruhepause gemacht? Außer natürlich zu arbeiten und zu arbeiten und dann noch bei *Buckland's* zu arbeiten«, setzte sie grinsend hinzu. *Buckland's* war das Auktionshaus in der City, bei dem Prue beschäftigt war, und zwar rund um die Uhr, soweit Piper das beurteilen konnte. Prue war Antiquitäten-Expertin und richtete Auktionen aus.

»Ich habe mich nicht für irgendwelche Kurse angemeldet«, sagte Prue. Sie warf ein paar dreckige Servietten in den Müll. »Aber ich habe mal etwas … nachgeforscht.« Sie blickte Piper an. »Bist du je im *Vollmond* gewesen?«

Piper wischte die glänzende Oberfläche der hölzernen Theke ab. »Dieser Hexenshop?«

»Der im Noe-Valley?«, fragte Phoebe, als sie aus der Küche zurückkam.

Prue nickte. »Ich bin vor ein paar Wochen mal hingefahren, weil ich Veilchenwurzel-Puder brauchte, und da bin ich mit der Frau ins Gespräch gekommen, die den Laden führt.«

Piper kniff die Augen zusammen und erinnerte sich an die Frau, die sie bei ihren gelegentlichen Besuchen in dem Geschäft gesehen hatte. »Ist das die mit den langen blonden Zöpfen? Trägt so ein kleines silbernes Pentagramm? Sieht ein bisschen aus wie Lady Guenevere?«

»Genau die«, sagte Prue. »Ihr Name ist Adrienne. Sie weiß eine Menge über Kräuter und alte Zaubersprüche. Außerdem hat sie jede noch so abgefahrene Zutat auf Lager – Bilsenkraut, Mönchshut, Schüttelwurz …«

»Drachenaugen und Froschzehen?«, stichelte Phoebe.

Prue grinste. »Genau. Wir haben uns viel über Kräuter und andere … Sachen unterhalten.« Sie zuckte mit den Achseln. »Sie ist die erste Person seit langem, der gegenüber ich mich richtig öffnen kann.«

Phoebes Augen weiteten sich alarmiert. »Du hast ihr doch wohl nicht von uns erzählt!«

»Natürlich nicht!«, protestierte Prue. »Du weißt, dass ich nie jemandem von unseren Kräften erzählen würde. Adrienne denkt, ich praktiziere traditionelle Kräuterhexerei, wie die meisten anderen Frauen, die in ihren Laden kommen.«

»Es ist schon erstaunlich, wie viele Leute auf diesem Trip

sind«, kommentierte Phoebe, während sie einen weiteren Tisch abräumte.

»Kräuterhexerei ist nicht so ungewöhnlich«, argumentierte Piper. »Sie bedient sich der Kräfte von Mutter Natur. Und es ist weiße Magie. Zum Mantra der Kräuterhexerei gehört es, niemandem Schaden zuzufügen.«

Prue setzte sich auf den Rand der Bühne. »Wisst ihr, bevor ich die Kräfte bekam, hatte ich immer gedacht, Leute mit Interesse an der Hexerei wären … wären …«

»Eso-Spinner?«, mutmaßte Phoebe.

Prue lächelte. »So ähnlich. Aber als mir klar wurde, dass wir Hexen sind, ging ich davon aus, dass nur wir echt sind und die anderen Blender oder Träumer. Aber Adrienne ist … anders. Sie hat die Geschichte der Magie wirklich studiert. Sie ist ein wahres Lexikon, wenn es um die Anwendung von Kräutern geht. Sie scheint wirklich klug und bodenständig zu sein.«

Phoebe knuffte Piper mit dem Ellbogen. »Hältst du es für möglich, dass unsere ›Keine-Zeit-für-Freunde‹-Schwester eine Freundin gefunden hat?«

Piper lachte. »Da wollen wir mal nicht vorschnell urteilen.«

»Es ist nicht leicht, sich jemandem zu öffnen, wenn man in unserer Situation ist«, erinnerte Prue ihre Schwestern.

Piper dachte kurz nach, dann hatte sie sich entschieden. Es war der richtige Moment, den anderen zu sagen, was *sie* mit ihrer Freizeit zu tun gedachte.

»Ich habe mich gemeldet, um als Mentor mit einem Problemkind zu arbeiten«, sagte sie mit fester Stimme. Sie fummelte einen Umschlag aus der Hosentasche. »Heute habe ich einen Brief vom *Sunshine-Center* bekommen. Man hat mich angenommen und mir ein Kind zugewiesen.«

»Ein Kind?«, wiederholte Prue, sichtlich alarmiert.

»Was ist denn das *Sunshine-Center*?«, wollte Phoebe wissen.

Piper ging auf Nummer sicher und beantwortete Phoebes Frage zuerst. »Es ist ein halb offenes Heim für Teenager, die aus Pflegefamilien oder Erziehungsheimen kommen«, erklärte sie.

Prue runzelte die Stirn. »Erziehungsheime? Also Kinderknast?«

»Die meisten Kinder im *Sunshine-Center* haben es nie leicht gehabt«, gab Piper zurück. »Im Center versuchen sie, wieder auf die Füße zu kommen, einen Schulabschluss zu machen und Arbeit zu finden.«

Phoebe und Prue warfen sich einen Blick zu, den Piper nicht deuten konnte. »Ooo-kay«, sagte Phoebe langsam, »und was macht so ein Mentor?«

»Ich bin so eine Art große Schwester für eines der Kids dort«, sagte Piper. »Ich treffe mich mit ihr für ein paar Stunden in der Woche, helfe bei den Hausaufgaben, gehe mit ihr in ein Museum oder zum Rollerbladen. Was immer gerade anliegt.«

»Piper«, sagte Prue, »ich halte das für keine gute Idee. Du wirst dich sehr stark auf ein sehr bedürftiges Kind einlassen müssen. Ich bin ja ungern der Spielverderber, aber denkst du, es ist ratsam, einen Fremden so weit in unser Leben zu lassen? Und dazu noch einen schwer kontrollierbaren Teenager? Außerdem müsstest du dich an viele Regeln halten. Du könntest ihn oder sie nicht einmal zu uns nach Hause einladen.«

»Das ist mir ja alles klar.« Pipers Stimme blieb ruhig. Sie hatte gewusst, dass Prue Einspruch erheben würde, ohne sich alles angehört zu haben, und sie war darauf vorbereitet. »Ich weiß, dass niemand jemals das *Buch der Schatten* entdecken oder Zeuge werden darf, wie wir unsere Kräfte benutzen. Aber in der Stadt gibt es doch eine Menge Orte, an denen wir uns treffen können.«

Sie unterbrach sich, als sie merkte, dass keine ihrer Schwestern sonderlich überzeugt aussah. »Worauf es doch ankommt«, sagte sie dann, »ist, dass es sich hierbei um etwas handelt, was *ich* mache. Das hat mit uns dreien nichts zu tun.«

»Da wäre ich mir nicht so sicher.« Phoebe setzte sich neben Prue auf den Bühnenrand. »Ich stimme in diesem Fall Prue zu. Seit wir unsere Kräfte bekommen haben, betrifft das, was eine betrifft, auch alle anderen.«

Piper starrte Phoebe ungläubig an. Sie traute ihren Ohren kaum. Sie war überzeugt gewesen, ihre jüngere Schwester auf ihrer Seite zu haben. Mentor für das *Sunshine-Center* zu sein war schließlich eine gute Sache.

»Wir sollten in der Lage sein, auch mal was für uns selbst zu machen«, stellte Piper fest. »Nur wegen unserer Kräfte sind wir doch nicht plötzlich siamesische Drillinge.« Sie stemmte sich aus ihrem Stuhl. »Es geht doch nur um einen Abend die Woche, und das für ein Kind, dem ich damit wirklich helfen könnte. Ich möchte es machen, und ich werde es machen.« Sie ging zu einem der Tische und begann ihn abzuräumen, was ihren Schwestern unmissverständlich bedeuten sollte, dass die Diskussion beendet war.

Phoebe gähnte vernehmlich. »Zwei Uhr morgens, und wir sind immer noch nicht mit Aufräumen fertig«, stöhnte sie.

»Und ich muss morgen um acht wieder auf der Arbeit sein«, seufzte Prue. Sie stand auf und sah sich um. »Piper, tu mir den Gefallen und mach mal die große Mülltonne in der Küche auf, ja?«

Pipers Mund klappte auf. »Du wirst doch nicht ...?!«

Prue zuckte mit den Achseln. Ein schelmischer Ausdruck erschien auf ihrem Gesicht. »Ich weiß, wir sollen unsere Kräfte nicht zum eigenen Vorteil einsetzen, aber eigentlich helfe ich damit ja dir. Also interpretiere ich die Regeln nur ein wenig anders.«

Piper unterdrückte ein Grinsen, eilte in die Küche und stieß den Deckel der großen Tonne auf. Sie ging in den Salon zurück und sah, wie Prue ihre eisblauen Augen auf die mit Bierflaschen und Gläsern überfüllten Tische vor sich richtete. Plötzlich erhoben sich die Gegenstände, schwebten einige Sekunden in der Luft und schossen dann quer durch den Raum in die Küche, wo sie direkt im Abfall landeten.

Phoebe blinzelte beeindruckt. »Wow. Zwei Punkte. Präzisions-Telekinese. Du solltest für die Lakers Basketball spielen. Du bist ein Naturtalent.«

Prue lächelte nur. »Kommt«, sagte sie zu ihren Schwestern, »lasst uns hier verschwinden.«

Piper ging noch einmal in Richtung Küche, um die Geschirrspüler zu starten. Da bemerkte sie aus dem Augenwinkel heraus eine Bewegung. Eine Gestalt stand in den Schatten vor dem Fenster. »Wer ist da?«, rief sie. Ein Angstschauer lief ihr den Nacken hinunter.

»Wo?«, fragte Phoebe, die hinzugetreten war.

Piper deutete auf das große Fenster. »Dort. Ich habe jemanden dort stehen sehen. Und dieser Jemand hat uns beobachtet.«

2

PHOEBE UND PIPER stürzten auf das Fenster zu. »Ich sehe niemanden«, erklärte Phoebe. »Da hat dir wohl das Mondlicht einen Streich gespielt.«

»Nein. Seht mal, dort die Büsche«, sagte Prue leise. »Die Zweige sind an einer Stelle alle abgebrochen. Als wenn jemand sich einen Weg dort hindurch gebahnt hätte, nachdem er hier gestanden hat.«

Piper gesellte sich zu ihren Schwestern an das Fenster. Die Gesichter der drei spiegelten die Sorgen wider, die sie sich in diesem Moment machten.

»Glaubt ihr, dieser Jemand hat beobachtet, wie Prue ihre Kräfte benutzt hat?«, fragte Phoebe.

»Ich weiß es nicht«, flüsterte Piper.

»Selbst wenn es so ist, können wir nichts mehr daran ändern. Wer es auch war, er ist schon lange wieder weg«, seufzte Prue. »Gehen wir heim und schlafen wir uns aus.«

»Es war ja ziemlich dunkel hier drinnen«, meinte Phoebe optimistisch. »Und wir wissen ja nicht einmal, wen oder was Piper gesehen hat. Könnte auch ein Hund gewesen sein.«

Oder ein Hexer, dachte Piper bei sich selbst. Sie griff nach ihren Schlüsseln und lotste ihre Schwestern aus dem Club. »Ich bin mir nicht sicher, Leute, aber ich hoffe, dass unsere so genannte Ruheperiode nicht soeben zu Ende gegangen ist.«

Es war spät an diesem Morgen. Phoebe saß neben Piper im Auto und dirigierte ihre Schwester durch den Stadtverkehr: »Direkt um die Ecke, das zweite Gebäude auf der linken Seite.«

Kurz zuvor hatte Phoebes Auto sich geweigert anzuspringen. Und da sie sowieso schon spät dran gewesen war, hatte sich Piper angeboten, sie zu ihrem Kurs zu fahren. »Da! Das kleine Schaufenster mit den japanischen Schriftzeichen – das ist mein *dojo*.«

Phoebe spürte, wie sie beim Anblick des Ortes ein Energieschauer durchlief. Ich bin so froh, mich dafür entschieden zu haben, dachte sie. Es ist so aufbauend. So positiv.

Piper hielt den Wagen vor der Karateschule an und gähnte. »Ich leide immer noch unter der Aktion von letzter Nacht. Wie kannst du jetzt schon wieder fit für eine Karatestunde sein, wo wir doch bloß fünf Stunden Schlaf hatten?«

Phoebe ergriff ihre Sporttasche. »Prue ist heute sehr früh zu *Buckland's* gefahren«, bemerkte sie. »Die hatte noch weniger Schlaf als ich.«

»Das liegt daran, dass Prue eine Maschine ist«, grummelte Piper. Sie grinste Phoebe an. »Aber verrate ihr nicht, dass ich das gesagt habe.«

»Dein Geheimnis ist bei mir in guten Händen«, versprach Phoebe. Sie stieg aus dem Auto und beugte sich noch einmal zum Fenster hinunter. »Danke fürs Fahren.«

Piper nickte in Richtung eines großen, bulligen Mannes, der soeben das *dojo* betrat. »Irgendwie kann ich mir nicht vorstellen, dass du den da umlegst.«

Phoebe grinste. »Ich kann mir das auch nicht vorstellen, aber ich arbeite dran.«

Sie winkte ihrer davonfahrenden Schwester kurz nach, dann eilte sie in das *dojo*. Nachdem sie eingetreten war, verbeugte sie sich höflich und trug sich für die Stunde ein.

Zwei fortgeschrittene Schüler, die weiße Karatekleidung mit festgeschnürten braunen Gürteln trugen, kämpften in der Mitte des Studios miteinander. Phoebe musste schlucken, während sie den beiden zusah. Dies war ihre erste Stunde im offenen Kurs für alle Klassen, nachdem sie eine Woche lang nur mit anderen Weiß-Gurten trainiert hatte. Sie hoffte, mit den schon etwas erfahreneren Schülern mithalten zu können.

Wem mache ich eigentlich was vor?, dachte sie. Ich kann bloß hoffen, mich nicht völlig zum Narren zu machen.

Im Umkleideraum für Frauen schlüpfte sie in ihr Trainingsoutfit, das *gi*. Schwere Baumwoll-Hosen und eine kimonoartige Jacke. Zuletzt schlang sie den steifen weißen Gürtel fest um die Taille. Neben ihr band sich gerade eine an die 70 Jahre alte Frau einen Grün-Gurt um den Bauch. Phoebe lächelte. Selbst diese »Oma« vermag vermutlich mit mir den Boden aufzuwischen, dachte sie. Aber eines Tages, eines Tages würde auch sie einen farbigen Gurt tragen.

Sie ging zurück in den Trainingsraum des *dojo* und verbeugte sich. In sicherer Entfernung der kämpfenden Braun-Gurte begann sie mit ein wenig Stretching. Jede dieser Vorbereitungsübungen machte sie lockerer und stärker.

Sie beugte sich gerade über eines ihrer Beine, um ihre Wadenmuskeln zu massieren, als sie einen Schatten auf dem Boden bemerkte. Jemand stand neben ihr.

Sie blickte auf – und ihr Mund blieb um ein Haar offen stehen. Wow! Frischfleisch-Alarm! Das Objekt ihrer Bewunderung war Asiate, relativ jung, vielleicht knapp über zwanzig. Er streckte gerade anmutig die Arme zur Studiodecke. Sein glänzendes, schulterlanges schwarzes Haar war zurückgebunden und betonte die hohen Wangenknochen und die bronzefarbene Haut. Seine dunklen Augen waren halb geschlossen; er schien sich ganz auf die Dehnübungen zu konzentrieren. Obwohl er ein bequem weites *gi* trug, konnte Phoebe erkennen, dass er schlank und doch muskulös gebaut war. Er trug einen weißen Gurt. Einen weißen Gurt?, dachte Phoebe, dann ist er ja in meiner Gruppe!

Der Mann warf Phoebe einen kurzen Blick zu, lächelte und deutete eine Verbeugung an.

Phoebe erhob sich und verbeugte sich ebenfalls. Sie biss sich auf die Lippe und unterdrückte ein kindisches Grinsen. Seltsam. Es war wohl das erste Mal, dass sie mit einem Mann flirtete, indem sie sich vor ihm verbeugte.

Ihr Lehrer, Sensei Lopez, ein junger Jamaicaner und Träger des schwarzen Gurtes dritten Grades, betrat das Trainingsfeld. Damit waren die Aussichten auf ein Gespräch mit dem Neuankömmling erst einmal schlecht. Phoebe stellte sich mit den anderen Schülern in einer Reihe auf, alle verbeugten sich vor dem Lehrer, und die Stunde begann.

Phoebe war erleichtert, dass der Sensei seine Schüler als erste Übung auf die Knie gehen ließ, um zu meditieren. Damit konnte sie umgehen. Das Stretching und die Aufwärmübungen gingen auch noch klar, obwohl sie ständig abgelenkt war und dem Neuling verstohlene Blicke zuwarf.

Der Neue bewegt sich geschmeidig wie ein Turner. Phoebe beobachtete ihn, wie er in den Spagat ging. Und zwar seitlich! Er würde den Weg durch die Farben der Gurte sehr schnell schaffen. Um das zu wissen, brauchte sie keine Vision.

Als Nächstes stellten sich die Schüler nach Klassen aufgeteilt nebeneinander auf, und der Sensei gab den einzelnen Farbgruppen verschiedene Übungen auf. Die Weiß-Gurte sollten eine Kombination aus drei Schlägen mit den dazugehörigen Blocks trainieren. Alle Anfänger mussten dabei im gleichen Rhythmus bleiben.

Schlag, Block, Schlag, Block, Schlag, Block. So weit, so gut, dachte Phoebe. Bis jetzt habe ich den Blamierungsfaktor gering halten können. Und vor allem sehe vor ich vor dem süßen Neuen nicht wie ein totaler Tollpatsch aus.

»Yamada, leg ein bisschen mehr Kraft hinter den Schlag!«, bellte der Sensei. »Konzentriere dich!«

Phoebe blickte wieder zu dem Neuling und hielt erstaunt mitten in der Übung inne. Der junge Asiate bewegte sich mit der Kraft und der Präzision eines Fortgeschrittenen. Es gelang ihm sogar, die kleine Drehung des Handgelenks beim Schlag zu vollführen – etwas, womit sich die anderen Weiß-Gurt-Träger noch nicht einmal beschäftigt hatten.

»Phoebe, warum blockst du nicht?«, wollte Sensei Lopez wissen.

»Mach ich«, antwortete Phoebe schnell. Sie warf den rechten Arm hoch.

»Links blocken!«, korrigierte der Lehrer herrisch. »*Links* blocken!«

Sie fühlte, wie sie rot wurde, während sie schnell den Arm wechselte und versuchte, nicht den Anschluss an die Gruppe zu verlieren.

»Links hoch blocken, rechts mittig schlagen, links tief blocken«, murmelte sie und versuchte, wieder in den Rhythmus zu kommen. Ihre Augen wanderten erneut zu dem neuen Studenten. Er beherrschte die Sequenz mühelos.

»Phoebe.« Sensei Lopez stand nun direkt vor ihr. »Was ist dein Problem?«

Ich bin zu sehr damit beschäftigt, sabbernd diesen Typen anzustarren, dachte Phoebe. »Der tiefe Block«, sagte sie. »Ich denke immer, ich muss den linken Arm senken.«

»Das musst du auch.«

»Aber zuerst muss die linke Hand nach oben, zum rechten Ohr«, erklärte Phoebe. »Das verwirrt mich.«

Ein leichtes Lächeln spielte um den Mund des Sensei. »Kenji, komm doch mal her«, sagte er.

Der Neue kam zu ihnen und stellte sich neben sie. *Kenji*, dachte Phoebe. Sie fühlte einen leichten Schauder ihre Wirbelsäule hinunterlaufen. So heißt du also. Kenji Yamada.

Sensei Lopez nickte in seine Richtung. »Bitte, zeig's doch mal Ms. Halliwell hier.«

»Aber gerne. Mir nach«, sagte Kenji.

Bis ans Ende dieser Welt, dachte Phoebe. Sie lächelte eine Sekunde lang über ihre eigene Albernheit. Dann konzentrierte sie sich wieder auf die Übung. Kenji vollführte die einzelnen Bewegungen so langsam, dass Phoebe ihm vom Anfang bis zum Ende prima folgen konnte und diesmal alles richtig machte.

»Gut«, lobte Kenji, ein breites Grinsen im Gesicht.

Selbst seine Stimme ist umwerfend, dachte Phoebe. Tief und weich.

»Arbeiten wir nun ein wenig an der Selbstverteidigung«, rief Lopez in den Raum. »Bildet nun Paare für die erste Kombination.« Er blickte zu Phoebe und Kenji. »Ihr zwei könnt gleich beieinander bleiben.«

Selbstverteidigungs-Kombinationen, so viel hatte Phoebe schon gelernt, waren bestimmte Bewegungsabläufe, die einem auf der Straße aus brenzligen Situationen heraushelfen konnten. Viele Kampfsport-Schulen führten diese Übungen nicht im Programm, aber es war genau das, was Phoebe wollte. Sie freute sich, dass Sensei Lopez das genauso sah.

In der ersten Kombination ging es darum, sich aus dem Griff eines Angreifers zu befreien, der einen von hinten packte.

»Fertig?«, fragte Kenji.

»Fertig.« Phoebe musste sich zusammenreißen, um nicht wie ein Idiot zu grinsen. Wie perfekt! Wenn es einen Mann gab, von dem sie gepackt werden wollte, dann war es Kenji.

Kenji stellte sich hinter Phoebe auf und legte seine Arme um sie. Sie spürte den starken Zitrusduft seines Aftershaves.

Sie lehnte sich ein wenig gegen ihn, und es war, als wäre ein Stromstoß durch ihre Körper gefahren.

»Los!«, rief Sensei Lopez.

Zack! Phoebe knallte auf den Boden. In ihrem Kopf drehte sich alles. Was war passiert?

Kenji blickte zu ihr hinunter, in seinen Augen stand Besorgnis. »Geht es dir gut?«, fragte er.

Phoebe nickte und rappelte sich auf. Sie rieb sich die Hüfte. Autsch! Manchmal tut Liebe weh, dachte sie reumütig.

»Du solltest aus meinen Armen ausbrechen und *mich* zu Boden werfen«, erklärte Kenji. »Lass es uns noch mal probieren.«

Mit Vergnügen, dachte Phoebe, als er wieder die Arme um sie schlang.

»Also, du musst mit der Hacke zwischen meine Beine treten, deine Hände mit einer Scherenbewegung durch meine Arme drücken, vortreten, dich umdrehen, mein Bein beiseite treten …« Kenji führte sie wie in Zeitlupe durch die Bewegungen. Er fiel profimäßig zu Boden. »Und dann machst du mich mit einem Schlag auf die Kehle fertig.«

»Diesmal lasse ich dich noch mal davonkommen«, witzelte sie. Sie hielt ihm die Hand hin, um ihm auf die Füße zu helfen. »Ich verstehe das nicht. Was ist dein Trick? Wie kannst du als Anfänger so gut sein?«

»Erzähle ich dir nach der Stunde«, versprach Kenji. Er blinzelte ihr zu.

Phoebes Herz hämmerte. *Nach* der Stunde? Das klang interessant.

Der Rest des Kurses war für *kata* reserviert – den choreographierten Kampf gegen einen imaginären Gegner. Nach einigen weiteren Übungen setzte sich Phoebe hin, um den anderen Gurt-Trägern zuzusehen. Als die Braun-Gurte aufgerufen wurden, nickte der Sensei in Richtung Kenji.

Phoebes Augen weiteten sich, als er sich zu ihnen gesellte und eine Reihe komplizierter Schläge, Tritte und Sprünge fehlerfrei vollführte.

Geh in Rente, Jackie Chan, dachte sie. Wer *ist* dieser Typ?

Als die Stunde vorbei war, beeilte sich Phoebe mit der obligatorischen Säuberung des *dojo* und zog sich geschwind um. Sie überprüfte ihr Spiegelbild. Sie trug einen olivefarbenen Stricküberwurf und einen passenden Pullover, dazu eine schwarze Hose. Nicht gerade ihr heißestes Outfit, aber es musste reichen. Schließlich hatte der Typ sie auch schon in dem wenig schmeichelhaften *gi* gesehen. Dieses Ensemble war zumindest eine Verbesserung.

Sie verbeugte sich zum Abschied, als sie das *dojo* verließ. Wie sie gehofft hatte, wartete Kenji auf dem Bürgersteig auf sie. Er trug ein schwarzes T-Shirt und eine schwarze Jeans – eng genug, um zu zeigen, wie wohlproportioniert er wirklich war.

»Willst du einen Kaffee?«, fragte er.

»Mach einen Eistee draus, und wir sind im Geschäft«, sagte Phoebe. »Ich kenne dieses großartige neue Café namens *Leaf and Bean*. Ist direkt am Ende der Straße, und die haben die leckersten Erfrischungsgetränke überhaupt.«

»Klingt großartig!« Kenji lächelte das umwerfendste Lächeln, das Phoebe je gesehen hatte.

Sie gingen in Richtung Café. Der Nebel kroch von der Bucht herauf, und die Luft wurde kühl. Phoebe zog ihren Überwurf fester. »Also, hi. Ich bin Phoebe ...«

»Ich weiß, wer du bist, du heißt Phoebe Halliwell«, sagte Kenji.

Phoebe runzelte die Stirn. »Warte mal, woher weißt du ...«

»Der Sensei muss deinen Namen in der Stunde mindestens fünf Mal gesagt haben«, erklärte er.

»Okay, geheimnisvoller Fremder, da du weißt, wer ich bin, bist du jetzt dran«, verlangte sie. »Wer bist du? Wo kommst du her? Und welcher Weiß-Gurt kann so gut die Bewegungen der Braun-Gurte, dass er sie wie ein Lehrer vormachen kann?«

Kenji grinste. »Meine Name ist Kenji Yamada. Ich bin aus San Diego. Letzte Woche hergezogen.« Er lehnte sich näher.

»Und das ist mein größtes Geheimnis – ich habe den Braun-Gurt in einer anderen Kampfsportart. Ich habe fünf Jahre lang in San Diego trainiert. Dieser Stil ist dem, den ich kenne, sehr ähnlich, aber Sensei Lopez wollte, dass ich noch einmal von vorne beginne.«

»Blöd«, sagte Phoebe mitfühlend.

»Nein, das ist schon okay. Das ist völlig normal, wenn man die Karateschule wechselt«, erklärte Kenji.

»Ah, da sind wir«, verkündete Phoebe. »Das *Leaf and Bean Café.*« Sie betraten den kleinen Laden zusammen und ergatterten sich einen Fenstertisch. Phoebe liebte es, die Leute zu beobachten und dabei einen Kräutertee zu genießen. Jeder Tee hatte eine genaue Beschreibung der spirituellen und gesundheitlichen Eigenschaften, die ihm innewohnten.

Fast so wie die Eigenschaften, die im *Buch der Schatten* genannt werden, dachte Phoebe.

Eine Kellnerin kam und wollte die Bestellung aufnehmen. »Ich nehme den Chai-Eistee«, entschied sich Phoebe.

»Wird mich einer der Tees auch unverwundbar machen?«, fragte Kenji.

Die Kellnerin warf ihm einen schrägen Blick zu. »Wie bitte?«

»Kleiner Scherz. Ich nehme einen grünen Tee, heiß, ohne alles.«

»Unverwundbar?«, fragte Phoebe, nachdem die Kellnerin wieder weg war.

»Ja. Sensei Lopez hat mir heute gesagt, dass er mich in eine höhere Kampfklasse versetzt und mich für ein Turnier angemeldet hat.« Schon bei dem Gedanken zuckte er zusammen.

»Ein Turnier? Wow!« Phoebe konnte sich nicht vorstellen, jemals gut genug zu sein, um gegen andere antreten zu können.

»In Oakland ist an diesem Wochenende eine große Veranstaltung aller Schulen der Bay-Area. Der Sensei meint, ich müsse wieder an Wettbewerben teilnehmen, wenn ich es mit dem Schwarz-Gurt ernst meine.«

»Du hast so etwas schon einmal gemacht?«

»Klar, bis letztes Jahr«, erklärte Kenji. »Dann musste ich mich darauf konzentrieren, in die Abschlussklasse zu kommen, deshalb sind meine Kampfkünste leider etwas eingerostet.«

Phoebe legte ihre Hand auf Kenjis Arm, um ihn zu trösten. Von ihrer Warte aus schien er überhaupt nicht untrainiert.

Ein grelles Licht blitzte vor ihren Augen auf. Sie fühlte einen Schlag, der eine Vorhersehung ankündigte. Ja. Es geschah, genau in diesem Moment. Bilder durchwogten ihren Geist …

Kenji in der Arena, leichtfüßig und agil.

Kenji beim Angriff, mit blitzschnellen Bewegungen.

Der Gegner beim Konter, Kenjis Kopf wird nach hinten gerissen.

Die Szene wechselt. Jubel. Ein grinsender Kenji mit der Trophäe für den Zweitplatzierten.

Phoebe blinzelte, als sich die Bilder wieder verzogen. Ihre Vision war vorbei. Sie lächelte.

»Erde an Phoebe?«, sagte Kenji grinsend.

»Was?!« Oh, oh. Wie weggetreten war sie diesmal wieder gewesen? Sie musste sich rasch was einfallen lassen. »Ich … ich schaue nur nach der Kellnerin. Ich kann es kaum abwarten, meinen Tee zu bekommen.«

»Stimmt. Ich hoffe, die …«, er las von der Speisekarte ab, »… fokussierenden Eigenschaften des grünen Tees werden mir helfen, mich auf das Turnier zu konzentrieren.«

Die Kellnerin kam und stellte zwei Gläser auf dem Tisch ab. Phoebe rührte mit dem Strohhalm in ihrem Eistee herum. »Dieser hier soll angeblich Ausgeglichenheit und Ruhe bringen.«

»Davon kann ich auch etwas brauchen«, scherzte Kenji. »Besonders nach dem Turnier, wenn ich mich zum Trottel gemacht habe.«

Phoebe lächelte, als sie an Kenjis stolzen Gesichtsausdruck in ihrer Vision dachte. »Ich glaube nicht, dass du dir Sorgen machen musst«, erklärte sie.

»Oh, wirklich.« Kenji hob eine Augenbraue. »Du meinst also, dass ich mir ganz entspannt die Schneidezähne raustreten lassen soll?«

Phoebe biss sich auf die Unterlippe. Kenji schien sehr nervös. Sollte sie ihm einen Hinweis geben, was ihre Vision betraf? Sollte sie ihm sagen, was sie gesehen hatte?

Warum nicht?, entschied sie. Was konnte es schaden?

Sie lehnte sich nahe zu ihm. »Vertraue mir. Es wird schon werden. Ich bin mir sogar ziemlich sicher, dass du den zweiten Platz machen wirst.«

Kenjis dunkle Augen zogen sich zusammen. »Was macht dich so sicher?«

Phoebe setzte sich wieder gerade hin. Sie bereute schon, etwas gesagt zu haben. Altes Plappermaul, schalt sie sich selbst. Zeit für Schadensbegrenzung.

Sie lachte laut, als hätte Kenji einen Witz gemacht. »Ich bin natürlich nicht sicher, Dummerchen«. Sie tätschelte seinen Arm. »Ich meine, es ist ja nicht so, als ob ich in die Zukunft sehen könnte.«

»Du hast mich noch nie kämpfen sehen«, hielt Kenji dagegen. Sein Blick wurde noch etwas stechender. »Woher weißt du, dass ich Zweiter werde?«

»Der Sensei hätte dich wohl kaum angemeldet, wenn er nicht glauben würde, dass du es schaffen kannst«, erklärte Phoebe. Na also. Das klang nach einem logischen Argument.

»Da magst du wohl Recht haben«, gab Kenji zurück. »Wirst du also bei dem Turnier dabei sein und mich anfeuern?«

Phoebes Herz setzte für einen Schlag aus. Er lud sie ein, um ihm zuzusehen!

Oh, nein! Sie hatte schon Pläne am Samstag. Prue hatte ihr das Versprechen abgerungen, zusammen den Keller auszuräumen. Mist!

»Tut mir leid, aber ich habe schon etwas vor«, gestand sie.

»Verstehe.« Kenji nahm einen Schluck von seinem Tee.

Phoebe konnte nicht sagen, ob er enttäuscht war. »Außerdem«, stichelte sie, »bist du ja wahrscheinlich so auf das Turnier konzentriert, dass du mich nicht einmal bemerken würdest.«

Kenji blickte ihr gerade in die Augen. »Glaube mir, ich würde dich bemerken.«

Phoebe spürte, wie ihr die Röte ins Gesicht schoss. »Ähem«, sagte sie schließlich, »warum hast du eigentlich San Diego verlassen?«

»Berkeley. Die haben die besten Abschlussklassen für Ingenieurswesen im ganzen Land«, erklärte er. »Gehst du noch zur Uni?«

»Nein. Ich bin gerade erst wieder nach San Francisco gezogen. Ich habe vorher in New York gelebt, aber meine Schwestern und ich wollten zusammenziehen, nachdem wir das Haus unserer Großmutter geerbt hatten.«

Kenji hob eine Augenbraue. »Ein ganzes Haus? Klingt nett.«

»Wir sind alle dort aufgewachsen, und wir lieben es wirklich. Es ist eines dieser großen alten, abgedrehten viktorianischen Häuser.«

»Ich wohne in einem winzigen Studenten-Apartment in Berkeley«, gestand Kenji. »Nicht gerade üppig, aber es ist billig und nah am Campus.« Er zuckte mit den Schultern. »Ich werde den Großteil des Jahres vermutlich sowieso damit verbringen, auf den Computermonitor zu starren.« Er warf Phoebe einen langen, tiefen Blick zu. Dann griff er ihre Hand. »Oder vielleicht doch nicht ganz so viel«, verbesserte er sich.

Diesmal hielt Phoebe seinem Blick stand. Sie genoss die Aufmerksamkeit. »Wirklich?«, sagte sie leise. »Und warum?«

Ein zaghaftes Lächeln schlich sich in Kenjis Gesicht. »Sagen wir mal: Da ist noch so viel, was ich über eine gewisse Phoebe Halliwell wissen möchte.«

3

Unschlüssig stand Piper vor dem *Sunshine-Center*, einem großen, holzverkleideten Haus nur ein paar Meilen vom Halliwell-Anwesen entfernt. Seit fünf Minuten schon starrte sie auf das Gebäude.

Sie hatte gedacht, dass ihre Entscheidung etwas Gutes war. Für sich und für das Mädchen, das man ihr zugeteilt hatte. Sie war sich ihrer Sache sehr sicher gewesen, als sie mit Phoebe und Prue darüber diskutiert hatte. Aber jetzt, als sie wirklich den Sprung ins kalte Wasser wagen sollte, kamen ihr ernste Zweifel.

Nun mach schon, reiß dich zusammen, motivierte sie sich selbst. Sie warf sich das dunkle Haar zurück über die Schultern, atmete tief ein und drückte energisch auf den Summer.

Ein großer, väterlich wirkender Mann mit grauen Haaren und einer Nickelbrille öffnete die Tür. »Kann ich Ihnen helfen?«

»Ich bin Piper Halliwell ...«

»Natürlich! Sie haben sich für unser Mentor-Programm angemeldet.« Er reichte ihr die Hand und lächelte freundlich. »Ich bin Justin Morgan, der Koordinator des *Sunshine-Centers*. Kommen Sie doch herein.«

Also los, dachte Piper. Sie folgte Mr. Morgan in das große Gebäude. Sonnenlicht strömte durch die Deckenluken auf den Linoleumboden. Sie passierten einen Raum, der wie ein Wohnzimmer aussah, und einen größeren Saal mit Klapptischen und Bänken, der offensichtlich als Kantine benutzt wurde.

Obwohl das Haus gepflegt und sauber wirkte, rümpfte Piper die Nase angesichts der sterilen Krankenhaus-Atmosphäre – alles sah ein bisschen zu sehr nach Heim aus. Nicht sehr gemütlich. Ein Gefühl der Dankbarkeit breitete sich in ihr aus. Sie und ihre Schwestern hatten Glück gehabt, dass sie nicht in einer solchen Umgebung hatten aufwachsen müssen. Sie hatten immer ihre Oma gehabt – und sich selbst.

»Ich kann Sie später auch noch einmal durch das ganze Gebäude führen«, bot Mr. Morgan an. »Aber zuerst möchte ich mit Ihnen über das Programm reden.«

Er führte Piper in sein Büro – ein kleiner aufgeräumter Raum mit einem großen Schreibtisch, einem Aktenschrank und ein paar bequemen Stühlen.

»Setzen Sie sich«, sagte er. »Haben Sie das Material gelesen, das wir Ihnen zugeschickt haben?«

»Jede Zeile. Sogar zweimal«, berichtete Piper. Sie biss sich auf die Lippe, dann entschied sie sich, ihre Vorbehalte zur Sprache zu bringen. »Mr. Morgan, das Mentor-Programm ist sicherlich eine tolle Sache, aber ich habe immer noch ein paar Zweifel, ob es wirklich das Richtige für mich ist. Ich habe einen sehr anstrengenden Beruf und eine mitunter auch sehr anstrengende Familie. Ich weiß inzwischen einfach nicht mehr, ob ich genügend Zeit für eines ihrer Kinder entbehren kann.«

Mr. Morgan sah sie ruhig an. »Haben Sie zwei Stunden pro Woche?«

»Zwei Stunden – das ist alles?« Vor diesem Hintergrund könnte es doch klappen, dachte Piper, während der Druck in ihrer Magengegend ein wenig nachließ.

Der Koordinator lächelte herzlich, und seine Augen zwinkerten. »Ich muss Sie allerdings warnen. Die Kinder sind ziemlich vereinnahmend. Manche der Mentoren schließen wirklich enge Bande und verbringen dann weit mehr Zeit mit ihnen als geplant. Aber zwei Stunden pro Woche ist alles, was wir erwarten.«

»Das klingt machbar«, gab Piper zu.

»Wir möchten, dass die Kids eine Verbindung zur Welt da draußen haben«, erklärte Mr. Morgan, »jemanden, der ein Leben außerhalb des Heims führt und zu dem sie einen mehr oder weniger regelmäßigen Kontakt pflegen können. Eine Art Vorbild.«

Einen Moment lang fragte sich Piper, was Mr. Morgan wohl gesagt hätte, wenn er wüsste, dass eines dieser zukünftigen »Vorbilder« eine Hexe war. Vielleicht hatte Prue Recht. Vielleicht war das keine so gute Idee.

»Jemand, der einen festen Platz in der Gesellschaft hat«, fuhr Mr. Morgan fort. »Dessen Leben sich nicht darum dreht, Drogen zu verkaufen oder zu kaufen. Es sollte ein Tapetenwechsel sein. Die Mädchen müssen das Gefühl haben, jemandem etwas zu bedeuten. Ohne eine Familie oder einen Freundeskreis, der Halt bietet, kann man leicht vom Weg abkommen.«

Mr. Morgans Worte trafen genau ins Schwarze. *Darum* habe ich mich überhaupt freiwillig gemeldet: um das Gute in meinem Leben mit den weniger Glücklichen zu teilen. Hexe oder nicht, das kann ich allemal bieten. Piper nickte. »Ich werde es tun. Oder zumindest«, setzte sie hinzu, »werde ich es versuchen.«

»Gut.« Der Direktor lächelte sie dankbar an. »Sind Sie bereit, das Mädchen zu treffen, dem wir sie zugeteilt haben? Ihr Name ist Celeste. Sie ist seit drei Monaten bei uns.« Er reichte Piper den Lebenslauf des Mädchens, und sie warf einen kurzen Blick darauf.

Mr. Morgan stand auf, und diesmal wurde Piper aus einem anderen Grund nervös. »Was ist, wenn ich sie nicht dazu bringen kann, mir zu trauen?«, fragte sie. »Was ist, wenn wir nicht gut miteinander auskommen? Vielleicht bin ich ja ein völlig ungeeigneter Mentor.«

»Nur nicht den Teufel an die Wand malen«, ermahnte sie Mr. Morgan. »Denken Sie daran, diese Kinder *wollen* Zuwendung. Sie sehnen sich danach. Denken sie positiv, und es wird schon klappen.«

Piper nickte.

»Nun aber genug der Vorrede«, sagte Mr. Morgan, »lassen Sie mich Ihnen Celeste vorstellen.«

Er führte sie zu einem kleinen Zimmer abseits des Hauptganges. Dort saß ein Mädchen auf einem Drehstuhl, die Füße auf die Fensterbank gestützt, und starrte nach draußen. »Hallo, Celeste«, sagte Mr. Morgan.

Beim Ton seiner Stimme drehte sich das Mädchen auf ihrem Stuhl herum. In ihren fahlen blauen Augen blitzte es kurz interessiert auf, als sie Piper sah. Doch das verging sehr schnell und wurde durch etwas anderes ersetzt. Misstrauen?, überlegte Piper. Nervosität?

Celeste war zierlich und sah eher wie zehn, denn wie dreizehn aus, ganz gleich, was ihr Lebenslauf sagte. Sie trug das feine, rotblonde Haar kurz gestutzt, und an ihrem linken Ohr hing eine kleine Silberkreole. Ihr gestreiftes langärmeliges T-Shirt war einige Nummern zu groß, genau wie ihr verwaschener Overall.

Piper fiel auf, dass Celeste noch nicht ein Wort gesagt hatte.

»Hi«, begann Piper vorsichtig. Sie wollte Celeste die Hand schütteln, verwarf den Gedanken jedoch gleich wieder. Zu uncool. »Ich bin Piper Halliwell.«

»Celeste Bailey«, antwortete das Mädchen.

Mr. Morgan lächelte. »Ich lasse Sie beide dann mal allein, damit Sie sich besser kennen lernen können.«

Er geht? Jetzt schon? Piper bemühte sich, nicht total panisch auszusehen. Sie hatte gehofft, er würde wenigstens noch eine kleine Weile hier bleiben. Obwohl Piper keine direkte Feindseligkeit gespürt hatte, schien Celeste definitiv kühl und zurückhaltend eingestellt zu sein.

Mr. Morgan schloss die Tür hinter sich, und Piper setzte sich auf einen der Klappstühle, die nahe dem Fenster standen. »Also …«, begann sie. Sie hielt inne, als sie bemerkte, dass ihr Gehirn völlig leer war. Was soll ich überhaupt sagen?

Celeste sah sie nur stumm an, nicht bereit, den ersten Schritt zu tun.

Okay, denk nach, ermahnte Piper sich selbst. Sie erinnerte sich an ein Kapitel in dem Infomaterial mit dem Titel »Worüber Sie beim ersten Besuch sprechen sollten«. Da hatten

Sätze gestanden wie »Erzählen Sie, warum Sie sich für das Sunrise-Programm entschieden haben«.

»Also, ich habe schon eine ganze Weile darüber nachgedacht, bei dem Mentor-Programm mitzumachen«, begann Piper erneut.

»Ach ja?« Celestes Interesse erkletterte mühsam Stufe 2 auf der nach oben offenen Teenager-Skala.

Es würde helfen, wenn du mich nach dem Grund fragst, dachte Piper, die langsam frustriert wurde. Dann ging es ihr auf: Es ist nicht Celestes Aufgabe, dass ich mich wohl fühle – sondern umgekehrt. Du bist die Erwachsene, ermahnte sich Piper. Verhalte dich also auch wie eine.

»Weißt du, Celeste, ich habe mich immer als sehr glücklich betrachtet, zwei Schwestern zu haben. Unsere Eltern waren nicht wirklich für uns da. Mein Vater ist abgehauen, nachdem meine jüngste Schwester zur Welt gekommen ist, und meine Mutter starb, als wir alle noch ziemlich jung waren. Aber meine Schwestern und ich, wir passen immer aufeinander auf. Ich dachte mir, ich könnte jemandem helfen, der sich in einer ähnlichen Situation befindet.«

Celeste nickte. Das ist eine Art Reaktion, fand Piper. Aber nicht viel. Und nun?

Piper warf wieder einen Blick auf den Lebenslauf in ihrer Hand. »Hier steht, dass du auch keine Eltern mehr hast.«

»Ich habe sie nie kennen gelernt«, sagte Celeste. »Sie sind bei einem Autounfall einen Monat nach meiner Geburt ums Leben gekommen. Ich bin eine Vollwaise unter Staatsobhut, wie man so sagt.« Ein bitteres Lächeln zog über ihr Gesicht.

»Du bist also auch schon in anderen Heimen gewesen?« Nicht gerade ein fröhliches Thema, aber zumindest ein Anfang.

»Nein, nur bei vielen Pflegeeltern«, erklärte Celeste. »Die letzten … Na ja, der ›Vater‹ hatte ein paar ziemlich widerliche Ideen, was mich anging. Der Sozialarbeiter meinte, man würde bald Ersatz finden, aber das dauerte mir zu lange. Da bin ich abgehauen.«

»Und so bist du also hier gelandet.« Wie traurig, dachte Piper. Ich mag mir kaum vorstellen, was Celeste in ihrem kurzen Leben schon alles erlebt haben muss. Kein Wunder, dass sie so verschlossen ist.

Celestes Lächeln blitzte kurz wieder auf. »Klar. Aber vorher hat man mich eingelocht.«

Piper hätte gerne gefragt, weshalb man Celeste eingesperrt hatte, aber sie entschied, dass es dafür noch ein wenig früh war. Außerdem konnte sie auch immer noch Mr. Morgan fragen, wenn sie das Gefühl hatte, dass es wichtig war. Und überhaupt mussten ihre Schwestern von diesem kleinen Detail ja nichts erfahren.

»Der Richter hat mir die Wahl gelassen«, fuhr Celeste fort. »Besserungsanstalt oder das *Sunshine-Center.*« Sie drehte sich mit dem Stuhl und hob die Hände. »Wofür hättest du dich entschieden?«

»Gefällt es dir hier?«, wollte Piper wissen.

Celeste rümpfte die kleine Nase. »Es riecht komisch, und das Essen ist echter Müll, aber ansonsten ist es okay.« Celeste blickte auf ihre Klettverschlussuhr und begann, sie mechanisch auf- und wieder zuzumachen.

Das heißt, es ist wohl wieder meine Runde, dachte Piper.

»Was möchtest du denn machen?«, fragte sie in der Hoffnung, ein gemeinsames Thema zu finden. »So aus Spaß.«

»Spaß?«, echote Celeste. Sie zuckte mit den Schultern. »Ich weiß nicht. Ich ... ich lese ziemlich viel. Und ich ...« Sie starrte auf ihre Hände. Dann blickte sie unsicher zu Piper. »Ich koche ganz gerne.«

»Du kochst?« Wunderbar!, hätte Piper am liebsten gerufen. Hätte es perfekter sein können? »Ich *bin* Köchin. Ich meine, ich war mal Chefköchin in einem Restaurant. Und dann habe ich diesen Club. Und manchmal mache ich noch Partyservice. Ich liebe das Kochen. Es ist praktisch mein Leben.« Die Worte sprudelten förmlich aus ihrem Mund.

»Wirklich?«, fragte Celeste.

»Vielleicht können wir mal zusammen was kochen«, schlug Piper vor. »Ich könnte dich tagsüber mit in den Club nehmen, dann ist die Küche frei«, bot sie an. »Wir haben einen echten Steinbackofen und tolle Geräte.

Das Mädchen nickte stumm.

Oh, oh. Hoffentlich war sie da nicht zu forsch rangegangen. Sie beschloss, einen Gang runterzuschalten. »Du bist also in der Highschool?«, fragte Piper in der Hoffnung, damit wieder auf neutrales Territorium zu gelangen.

Celeste schüttelte den Kopf. »Ich kriege hier im Center ein paar vergleichbare Stunden.«

»Willst du denn aufs College gehen?«

Das Mädchen lachte bitter. »Nein, ich hätte gerne einen Job, bevor ich mich endgültig vor der Armenküche häuslich einrichte.«

Bravo! Zweiter Fehlschlag, dachte Piper. Jetzt habe ich aber echt ins Klo gegriffen. »Es tut mir Leid«, sagte sie, »dass ich dir so viele Fragen stelle. Ich will dich nicht verhören. Ich möchte dich nur ein wenig kennen lernen. Damit wir vielleicht Freunde werden können.« Ihr fiel etwas ein. »Hast du denn hier im Center auch ein paar Freundinnen?«

»Eine«, antwortete Celeste. »Zumindest hoffe ich, dass sie es noch ist.«

»Was meinst du damit?«

Celestes fahle blaue Augen sahen Piper an. »Mr. Morgan hat gesagt, es hätten sich nicht genügend Mentoren gemeldet. Und jetzt hat meine Freundin Daria keinen. Dabei wollte sie unbedingt einen. Sie war echt wütend, als ich hierher musste, um dich kennen zu lernen.«

»Oh.« Kein Wunder, dass es Celeste so schwer fällt, locker zu sein, erkannte Piper. Sie hat Schuldgefühle. Dann fiel ihr eine Lösung ein. »Celeste, wie würde es dir gefallen, wenn ich euch *beide* besuche – dich und Daria?«

Celestes blaue Augen wurden groß. »Das würdest du machen?«

»Wir müssen es natürlich erst mit Mr. Morgan besprechen, aber warum eigentlich nicht?« Piper zuckte mit den Achseln. »Je mehr, desto lustiger.«

Zum ersten Mal lächelte Celeste wirklich, und Piper wusste, dass sie das Richtige gesagt hatte. Es war ein gutes Gefühl.

»Das wäre *so* cool«, sagte Celeste. Sie stand auf. »Willst du mein Zimmer sehen?«, fragte sie. »Ich teile es mir mit Daria. Du kannst sie dort treffen. Das wird sie voll umhauen!«

»Klar!« Piper folgte dem Mädchen in den zweiten Stock und dort in einen kleinen, stickigen Raum am Ende des Gangs. Ein Etagenbett stand an der einen Wand und eine Kommode in knalligem Orange auf der anderen Seite. Ein heruntergekommener Schreibtisch und ein Stuhl zierten die dritte Wand. Poster von verschiedenen Rockbands waren überall auf die Tapete geklebt.

Ein junges Mädchen mit kinnlangen, tintenblau gefärbten Haaren saß auf dem unteren Bett an die Wand gelehnt. Sie trug ein ausgeleiertes graues Sweatshirt und schwarze Cargo-Hosen. Wenn je jemand der Inbegriff völliger Frustration gewesen ist, dachte Piper, dann dieses Mädchen.

»Hey.« Celeste ließ sich neben ihrer Zimmergenossin auf das Bett plumpsen. »Ich möchte dir Piper, meinen Mentor, vorstellen.«

Daria blickte träge auf und nahm Piper in Augenschein. »Hi«, sagte sie tonlos.

Celeste grinste zuerst Piper, dann Daria an. »Ganz nebenbei, sie ist auch dein Mentor«, verkündete sie.

Daria kniff die Augen zusammen. »Wovon redest du?«

»Ich habe Piper von dir erzählt, und sie meinte, sie würde uns gerne beide betreuen!«

»Du verscheißerst mich doch, oder?«, fragte Daria.

Piper ging auf die beiden zu. »Solange Mr. Morgan nichts dagegen hat, steht der Deal«, sagte sie. »Interessiert?«

Darias Gesicht hellte sich auf. »Ja!«, rief sie. »Ja, ja, ja!«

Sie sprang vom Bett hoch und umarmte Piper so stürmisch,

dass sie beide fast umfielen. »Ich kann es nicht fassen. Das ist ja total, absolut und unglaublich wahnsinnig!«

Dann packte Daria Celeste und tanzte wild mit ihrer Freundin umher. Kichernd umarmte sie Piper erneut und setzte sich dann auf den Schreibtisch. »Okay, Mentor«, sagte sie und ließ die Beine baumeln. »Was jetzt? Wann treffen wir uns, wo gehen wir hin, und was machen wir da?«

»Wow, nun mal langsam.« Piper hob abwehrend die Hand. »Wie wäre es, wenn wir drei uns erstmal in Ruhe darüber unterhalten – wie wäre es mit übermorgen? Daria, ich habe Celeste erzählt, dass wir mal in meinem Club eine kleine Koch-Session abhalten könnten. Pizza wäre eine gute Idee – ihr wählt den Belag. Passt dir das?«

»Dir gehört ein Club? Das ist ja cool! Und Pizza ist sowieso mein absolutes Lieblingsgericht«, verkündete Daria. »Das passt mir so was von gut.«

»Wie sieht es mit dir aus, Celeste?«

»Klingt toll!«, grinste Celeste.

Daria öffnete die winzige Kleiderkammer des Zimmers. »Komm her, Celeste. Du musst mir helfen, das Richtige zum Anziehen rauszusuchen!«

Piper verkniff sich ein Lächeln. Während Daria die Kammer durchwühlte, warf sie einen genaueren Blick auf Celeste. Sie war viel stiller als ihre raketengetriebene Zimmergenossin. Es war schwer zu sagen, was sie wirklich dachte. Piper hatte das Gefühl, dass es eine Weile dauern würde, bis Celeste sich wirklich öffnete. Aber sie schien jetzt schon viel glücklicher, da Daria Teil des Programms war. Piper war froh, den Vorschlag gemacht zu haben.

Es gibt nur ein Problem, dachte sie reumütig. Wie werde ich das bloß meinen Schwestern erklären? Prue und Phoebe waren ja schon mit der Idee, *ein* Mädchen zu übernehmen, nicht einverstanden gewesen – und jetzt waren es zwei!

Daria tauchte wieder aus der Kammer auf. »Ich weiß«, verkündete sie fröhlich. »Ich werde ein paar Outfits vorführen, und dann können wir uns entscheiden, welches am besten aussieht. Und um das alles zu feiern, gehen wir danach ein Eis essen!«

Piper kniff die Augen zusammen. Habe ich was von zwei Mädchen gesagt? Das sieht eher nach zweieinhalb aus!

4

VIELLEICHT WAR ICH wegen dieser Mentor-Geschichte zu streng mit Piper, dachte Prue. Sie schlenderte die Church Street in Richtung 24. und genoss den warmen Wind auf ihrem Gesicht. Es war eine lange Strecke von *Buckland's* in der Innenstadt, aber der Himmel war klar, und die Temperatur war sehr angenehm. Dieses Wetter verlangte nach einem Spaziergang.

Sie bog in die 24te ein, Noe Valleys Hauptanziehungspunkt. Die Straße war belebt, überall herrschte geschäftiges Treiben, und es gab Restaurants, Cafés, Buchläden, Boutiquen und süße kleine Krimskramsläden. Ideal für einen Schaufensterbummel, dachte Prue und warf einen Blick auf ein neckisches Set von Küchenutensilien.

Vielleicht haben meine Schwestern Recht. Vielleicht bin ich zu vorsichtig und ein bisschen paranoid, sinnierte sie. Was, wenn ich es Piper einfach nachmachen würde und meine Mauern ein wenig abbaue? Wenn ich mich ein bisschen mehr gehen lassen würde?

Sie bog in eine kleine Seitenstraße. Das war der einzige Weg zum *Vollmond*. Prue zählte den Laden zu einem der besser gehüteten Geheimtipps der Stadt. Es gab kein Schild; wer dort hin wollte, musste einfach wissen, wo er lag.

Eigentlich angemessen für einen Laden, der Menschen beliefert, die Magie praktizieren, dachte sie. Und diese Geheimniskrämerei machte einen Teil des Charmes aus.

Prue war mehr durch Zufall über das Geschäft gestolpert. Sie hatte einen Shop gesucht, der auf fernöstliche Antiquitäten und Juwelen spezialisiert war, und war zufällig diese Gasse entlanggelaufen. Dabei hatte sie den *Vollmond* entdeckt. Später hatte sie erfahren, dass der Laden unter praktizierenden »Hexen« wohl bekannt war. Wenn man in der Bay-Area mit spiritistischen Dingen zu tun hatten, dann war der *Vollmond* das bevorzugte Einkaufsziel.

Sie folgte der Gasse zu einem kleinen, viereckigen, gepflasterten Hof, der im Schatten eines Pfefferbaumes stand. Eine kleine Bank aus Rotholz stand unter dem Baum. Ein kleiner Brunnen aus Schiefer und Messing sprudelte vor sich hin, und Windspiele sorgten für leise Klänge. Irgendwie ist es Adrienne gelungen, dachte Prue, diese paar Quadratmeter Innenstadt in so etwas wie eine Oase zu verwandeln. Es handelt sich offensichtlich um eine Frau mit viel positiver Energie.

Prue ging die Stufen hinunter, die zum Laden führten, und öffnete die Tür. Adrienne sah von ihrer Rotholz-Theke auf, wo sie gerade ein Telefonat führte. Ihr besorgter Gesichtsausdruck wich einem Lächeln, als sie Prue erkannte. Sie deckte den Hörer mit einer Hand ab. »Sei gesegnet. Ich bin in einer Minute bei dir.«

»Keine Eile«, sagte Prue. »Ich sehe mich solange um.«

Stimmt, die Mauern mal ein wenig abzubauen tut richtig gut, dachte Prue. Besonders bei jemandem, der so nett war wie Adrienne.

Prue wanderte durch die Regale des Ladens, die mit faszinierenden Sachen voll gepackt waren. Es gab Runen und Tarotkarten, Bücher über Magie und Hexerei, Kerzen, Duftstoffe, Kristalle, Muscheln, Räucherstäbchen, Kelche und Kessel und rituelle Dolche, die als *athames* bekannt waren. Regal um Regal war gefüllt mit Einmachgläsern, in denen sich Kräuter,

Wurzeln, Samen und Pulver befanden – es gab praktisch alles, für jeden Zauberspruch etwas.

Adrienne, die noch immer telefonierte, strich sich gerade den langen aschblonden Zopf von der Schulter. Er baumelte elegant ihren Rücken hinunter. »Nein, tut mir Leid, das führen wir nicht«, sagte sie bestimmt ins Telefon. »Nein, ich weiß auch nicht, wer so etwas hat. Tut mir Leid. Sei gesegnet.« Sie legte auf.

»Es gibt etwas, das du *nicht* führst?«, fragte Prue mit gespieltem Erstaunen.

Adrienne sah das Telefon angewidert an. »Er wollte Stahlnägel, schwarze Kerzen und eine Stoffpuppe – also genau die Gegenstände, die man braucht, um einem Menschen durch schwarze Magie Schaden zuzufügen. Ich beabsichtige nicht, so etwas zu unterstützen.«

Prue versuchte, nicht allzu neugierig zu wirken. »Bekommst du viele solcher Anrufe?«, fragte sie. »Ich meine, von Leuten, die sich in schwarzer Magie versuchen?«

Adrienne strich sich eine lose Haarsträhne hinters Ohr. »Nicht viele. Die meisten Menschen, die sich mit diesen Mächten beschäftigen, bevorzugen die weiße Magie. Warum?«

Prue hob die Schultern und versuchte, gleichgültig zu erscheinen. »Nur so.« Sie und ihre Schwestern hatten schließlich schon ein paar wirklich hautnahe Begegnungen mit ein paar hochgradig fiesen Hexenmeistern hinter sich. Prue fragte sich, wie viele es davon wohl tatsächlich gab. Das war einer der Gründe für ihre Paranoia.

Adrienne lehnte sich gegen die Theke und legte ihre Arme aufeinander. »Wo Licht ist, da ist auch immer Dunkelheit. Die Chinesen haben das schon vor Jahrhunderten verstanden.« Sie deutete auf ein Yin-Yang-Symbol aus Onyx und Elfenbein, das in einem Schaukasten hing. Das alte Zeichen symbolisierte Licht und Dunkelheit als zwei Hälften eines Kreises, die einander ergänzten und die jeweils die Saat des anderen in sich trugen. Adrienne berührte das silberne Pentagramm an ihrem Hals und grinste. »Aber es gibt Methoden, sich die bösen Jungs vom Hals zu halten.«

Prue fühlte sich Adrienne sehr verbunden. Hatte sie endlich jemanden gefunden, der wie sie die Mächte der Dunkelheit bekämpfte? Es wäre so beruhigend gewesen zu wissen, dass es da draußen neben ihren Schwestern noch andere gab, die von der Existenz des Bösen wussten und die verstanden, wie kompliziert und beängstigend diese Dinge manchmal waren.

»Also, was kann ich für dich tun, meine Liebe?«, fragte Adrienne.

Prue spürte die Versuchung, ihr einfach die Wahrheit zu sagen: dass sie Adrienne mochte, dass der Laden ihr wie eine Heimstatt schien und dass sie nur mal so vorbeischauen wollte. Aber das schien ihr zu … seltsam. Riskant. Es gehörte nicht zu den Sachen, die sie sonst tat. Es stand zu sehr im Gegensatz zu ihrem sonstigen natürlichen Verhalten.

Sie musste also eine Ausrede suchen, warum sie hier war. Sie erinnerte sich an einen Zauberspruch, den sie erst neulich im *Buch der Schatten* gelesen hatte – einen Spruch, den sie noch nie ausprobiert hatte.

Sie und ihre Schwestern machten sich erst langsam mit dem voluminösen Werk vertraut, das ihnen ihre Großmutter hinterlassen hatte. Es war eine schier endlose Aufgabe, denn das Buch schien sich jedes Mal zu verändern, wenn sie es aufschlugen. Prue zählte an ihren Finger die Zutaten ab, die sie brauchte: »Ich suche nach Rosenpulver, Veilchenpulver, Eschenpulver und etwas namens … Pipeswa?«

»Pipsissewa, den armen Botanikern unter uns auch als Chimaphila Umbellata bekannt.« Adrienne kletterte auf eine Trittleiter und griff nach einem Glas ganz oben auf einem Schrank. Sie öffnete das Glas und schaufelte einige der Blätter in eine kleine Papiertüte. »Wenn du das benutzen willst, solltest du es erst ganz fein zerstoßen und erst dann mit dem Rest der Zutaten vermischen«, erläuterte sie.

Als Adrienne das Einmachglas mit dem Rosenpulver hervorholte, erklang das Windspiel vor dem Eingang, und ein Mann in den späten Zwanzigern betrat den Laden. Prues Blick fiel auf sein schwarzes Hemd, die Krawatte und die gut geschnittene schwarze Wollhose. Sein blondes Haar war kurz und konservativ geschnitten, eine teure silberne Brille rahmte seine haselnussfarbenen Augen ein. Er trug eine teure Lederaktentasche. Prue hielt ihn für einen Manager – besonders als ein leises Klingeln ertönte und der Mann das kleinste und eleganteste Handy, das sie je gesehen hatte, aus der Tasche zog. Er hatte wohl ein Faible für teures Spielzeug.

Der Mann sah sich im Laden um. Sein Blick traf den von Prue – und er wurde rot. Prue versuchte, nicht allzu amüsiert auszusehen, aber sie fragte sich wirklich, was er hier machte. Er sah nicht aus wie ein praktizierender Hexer.

»Kann ich Ihnen helfen?«, fragte Adrienne.

Er drehte sich in ihre Richtung. »Ich brauche ... getrocknete Rosenblüten, Lindenblüten, Lorbeer, Königinnenkraut und ... äh ... eines von diesen kleinen Dingern, in denen man Duftkräuter verbrennt«, stammelte er hektisch hervor.

»Ich verstehe«, sagte Adrienne.

Der Mann wurde puterrot.

Adriennes Blick traf den von Prue. Es war offensichtlich, dass der Mann einen Liebeszauber versuchen wollte, und er schämte sich dafür in Grund und Boden.

Adriennes aschblonde Augenbrauen zogen sich zusammen. »Sind Sie *sicher*, dass Sie diesen Zauber ausprobieren wollen?«

»J-ja«, stammelte der Mann.

»Liebeszauber können gefährlich sein«, warnte sie, »besonders für Anfänger.«

»Woher wissen Sie, dass ich einen ...«

»Die von ihnen gesuchten Zutaten sind üblicherweise dafür gedacht«, antwortete Adrienne. »Standard sozusagen. Aber ich muss Sie warnen, Magie ist unberechenbar. Ich habe auch mal einen Liebeszauber ausgesprochen, und er hat funktioniert. Der Mann verliebte sich – aber leider in meine Mitbewohnerin.«

Prue verkniff sich ein Lächeln. Sie wusste, dass Adrienne dem Mann nur Ärger ersparen wollte – aber wenn sie schon dabei war, konnte sie ihn auch gleich ein bisschen aufziehen.

»Sie hat Recht«, sagte Prue. Sie nahm einen der *athames* und presste die Spitze gegen ihren Finger. Adriennes Kunde sah ihr dabei aufmerksam zu. Er schien fasziniert und verängstigt zugleich. Und er war so *süß*; eine Schande, dass er schon in jemand anderen verliebt war.

»Vor sieben Jahren habe ich einen Liebeszauber ausgesprochen«, log Prue. »Und wie erwartet verliebte sich der Mann in mich. Nach einiger Zeit ließ meine Liebe nach, seine jedoch nicht.«

»Und was ist mit ihm passiert?«, fragte der junge Mann.

»Selbstmord«, hauchte Prue dramatisch, ihr Gesicht eine steinerne Maske. »Klar, ich fühlte mich furchtbar deswegen, aber wenn man einen Zauber einmal ausgesprochen hat, kann man ihn nur schwer wieder rückgängig machen.« Sie erschauderte demonstrativ und legte den *athame* wieder ins Regal.

Aus dem Augenwinkel konnte sie sehen, wie sich Adrienne ein Lachen verkniff, während sie die Rosenblätter und das Königinnenkraut abwog.

Adrienne stellte die Zutaten auf die Theke. »Letztes Jahr hat jemand einen Liebesbann auf mich gelegt«, sagte sie. »Mein Freund tat es, als ich schlief. Er hat sich wohl gewünscht, unsere Liebe wäre über alles erhaben, und tatsächlich, eine Woche lang schwebte ich ständig in einem Meter Höhe!«

»Sie schwebten?«, fragte der Mann. Er war nun nicht mehr errötet. Sein Gesicht war kreidebleich. Er starrte die Zutaten an, die Adrienne auf die Theke gelegt hatte. »Wissen Sie was?«, sagte er. »Ich glaube, ich werde mir das Ganze nochmal überlegen.«

»Das ist eine gute Idee«, sagte Adrienne, »tun Sie das.«

Der Mann riss die Tür auf und stürmte aus dem Shop. »Tata!«, rief Prue ihm nach. »Schauen Sie mal wieder rein!«

Dann brachen sie und Adrienne in schallendes Gelächter aus. Sie lachten so sehr, dass Prue sich an der Theke festhalten musste, um nicht umzufallen. Adrienne wischte sich Tränen aus den Augenwinkeln.

»War das zu gemein?«, fragte Adrienne und versuchte, nach Luft zu schnappen.

»Keine Ahnung, aber es hat einen Heidenspaß gemacht«, sagte Prue. »Und irgendwie hatte er es ja auch verdient. Liebeszauber sind schließlich dazu da, jemand anderen gegen seinen Willen zu manipulieren – nicht gerade die gesündeste Art, eine Beziehung zu beginnen oder aufrechtzuerhalten.«

Adrienne schüttelte lächelnd den Kopf. »Nun, ich glaube, der ist geheilt. Aber die Story von dem Freund und dem Selbstmord? War das nicht ein bisschen zu dick aufgetragen?« Sie drohte Prue schelmisch mit dem Finger.

Prue grinste. »Ja, vielleicht. Aber was ist mit deiner Schwebe-Nummer? Also wirklich!«

Adrienne zuckte mit den Schultern. »Okay, ich habe übertrieben. Es gab keinen Freund und auch keinen Liebeszauber. Aber ein Teil der Geschichte ist wahr.« Sie zögerte. »Kann ich dir ein Geheimnis anvertrauen?«

Prue sah ihr fest in die Augen. »Natürlich.«

»Es ist nichts, was von einer Beschwörung oder einer Formel herrührt«, gestand Adrienne, »aber seit meinem 13. Geburtstag kann ich … kann ich wirklich … schweben.«

Bei diesen Worten überschlugen sich Prues Gedanken förmlich. Schweben? Konnte das wahr sein? Sollte Adrienne ebenfalls über derartige Kräfte verfügen? Das würde aus ihr eine Hexe machen – eine *echte* Hexe wie Prue und ihre Schwestern. »Du meinst, an deinem Geburtstag …«

Adrienne nickte. »An meinem Geburtstag habe ich entdeckt, dass ich diese Kraft besitze. Es dauerte eine Weile, bis ich sie wirklich beherrschte, und ich dachte schon, meine Mom würde durchdrehen, aber ich habe gemerkt, dass ich es konnte.« Sie sah Prue wehmütig an. »Ist *dir* so etwas schon mal passiert?«

Da war eine Einsamkeit in Adriennes Stimme, die Prue nur zu gut kannte. Es war eine Last, diese Kräfte zu haben. Und es war noch schlimmer, niemandem davon erzählen zu können. Sie sehnte sich so sehr danach, Adrienne die Wahrheit über sich zu erzählen. Es wäre so schön, jemanden zu haben, dem man seine Geschichte erzählen konnte, jemanden außerhalb der Familie, der nicht den Halliwell-Ballast mit sich herumschleppte ...

Nein, entschied sie. Ich bin noch nicht bereit, so weit zu gehen – noch nicht.

»Nein, so etwas ist mir noch nie passiert«, zwang sie sich zu sagen.

Das Windspiel an der Tür erklang erneut, und drei Teenager-Mädchen purzelten in den Laden. »Wir wollen Hexen werden«, rief die Jüngste. »Verkaufen Sie Hexen-Sets?«

Adrienne sah Prue mit gespieltem Erschrecken an.

Der Moment persönlicher Enthüllungen war vorbei. Und das ist gut so, dachte Prue, denn egal, wie sehr ich es will, ich darf Adrienne niemals die Wahrheit sagen. »Ich gehe dann mal wieder«, sagte sie.

»Ich bin in einer Minute für euch da«, rief Adrienne den Mädchen zu. Sie legte ihre zarte Hand auf Prues. »Warte einen Moment. Ich muss dir doch noch den Rest deiner Zutaten holen.« Sie wog schnell etwas Veilchenpulver und die restlichen Ingredienzien ab, dann tippte sie die Preise in die Registrierkasse.

Prue sah sich das weiße Pulver etwas genauer an; es war ungewöhnlich körnig, und sie erkannte es. »Das ist kein Eschenpulver«, sagte sie, »das ist ... Schierling.«

Fassunglos starrte Adrienne auf die Tüte. »Du meine Güte, du hast Recht! Ich kann nicht glauben, dass ich so einen eklatanten Fehler gemacht habe. Es tut mir *so* Leid. Lass mich rasch das Eschenpulver holen.«

Sie fand die richtige Zutat, und Prue bezahlte. Adrienne nickte in Richtung der drei Mädchen. »Hexen-Sets?«

Prue zuckte mit den Achseln und ging auf den Witz nicht weiter ein. Als sie den Laden verließ, nagte ein tiefer Zweifel in ihr. Wenn sie das Schierlingspulver nicht erkannt, es gar mitgenommen und verwendet hätte, dann hätte es die Wirkung des beabsichtigen Zauberspruchs ins genaue Gegenteil verkehrt. Die Folgen wären nicht abzusehen gewesen.

Wie konnte Adrienne ein so grundlegender Fehler unterlaufen?, fragte sich Prue. Oder hat sie mir die falsche Zutat mit Absicht gereicht?

Prue verbannte diesen Gedanken gleich wieder aus ihrem Kopf. Du bist schon wieder paranoid, maßregelte sie sich. Dein Hirn steht unter Schock, weil du endlich mal jemanden gefunden hast, dem du dich seelenverwandt fühlst. Adrienne ist eine Freundin. Eine Freundin, der einfach ein dummes Versehen unterlaufen ist.

5

Am nächsten Nachmittag fuhr Piper vor dem *P3* vor. Daria und Celeste saßen auf dem Rücksitz. »Hier sind wir«, sagte sie.

»Das ist es?« Daria klang nicht sehr beeindruckt.

»Von außen ist das Gebäude nicht besonders toll«, gab Piper zu, »aber drinnen sieht es schon ganz anders aus.«

Celeste kletterte aus dem Wagen und blickte auf die verschlossene Eingangstür. »Es ist also niemand sonst hier?«

»Nur wir«, sagte Piper. Sie schnappte sich die Tüte mit den

Zutaten und fischte dann den Schlüssel für den Club aus der Tasche. »Die Angestellten kommen nicht vor dem frühen Abend, also haben wir die Küche ganz für uns.«

Sie öffnete das Sicherheitsgitter und dann die Glastür. Die Mädchen drängelten sich neugierig vor. »Die Küche ist direkt geradeaus und dann links«, rief Piper, während sie den Lichtschalter betätigte. Der Club erstrahlte in einem Meer aus Licht und Neonfarben.

»Wow!«, keuchten die Mädchen. »Das ist ja irre!«, stellte Celeste begeistert fest.

»Danke.« Piper lächelte angesichts des Kompliments.

»Total cool!« Daria sprang auf die Bühne und spielte wild Air Guitar. »Im gonna take you away!«, krähte sie fröhlich und herzerfrischend falsch. Celeste gesellte sich zu ihr, hielt sich ein imaginäres Mikrofon vors Gesicht und gab den Chor.

Piper ging in die Kabine des DJ's und schaltete die nagelneue Soundanlage ein. Sie legte eine CD in den Spieler und drehte die Lautstärke etwas herunter.

»I wanna take you away!«, gröhlten Bruce Smithe and the Rangers durch die gewaltigen Lautsprecher.

»Yeah! Abgefahren!«, rief Daria. Die Mädchen fuhren damit fort, auf der Bühne zu »performen«. Diesmal blieben sie zumindest im Takt.

In der Zwischenzeit machte sich Piper daran, den Kühlschrank nach den Zutaten zu durchsuchen, die ihr noch fehlten. Angesichts des Geschreis aus dem Saal fuhr ein Lächeln über ihr Gesicht.

Sie sind jetzt wie ganz normal Kids, dachte sie. Sie haben ihren Spaß. Und ich helfe ihnen dabei! Sie lächelte und groovte auf den überdimensionalen Kühlschrank zu. Wie immer warf sie einen Blick auf die Temperaturanzeige, bevor sie die Tür aufmachte.

Seltsam, dachte Piper. Die Temperatur war höher als üblich angegeben. Sie öffnete die Tür und erwartete einen Schwall kalter Luft zu spüren – aber nichts geschah.

Oh, nein! Nein, nein, nein! Piper schloss die Tür wieder. Sie eilte zu einer Theke auf der anderen Seite der Küche und blätterte im Telefonbuch. Dann schnappte sie sich das Küchentelefon und rief die Nummer einer Reparaturfirma an. Sie erläuterte das Problem und gab die Adresse des Clubs durch.

»Wir werden in ungefähr vier Stunden bei Ihnen sein«, sagte die Frau am anderen Ende der Leitung.

»Vier Stunden?«, stöhnte Piper, als sie auflegte. Sie prüfte den Inhalt des Industriekühlschranks. Bis auf die Eier würde alles andere vier Stunden lang locker durchhalten, stellte sie fest. Aber der Gefrierschrank – sie konnte das Risiko nicht eingehen, dass das Fleisch auftaute und später nicht wieder eingefroren werden konnte.

Sie kämpfte zehn Sekunden lang mit sich selbst, dann traf sie die einzig mögliche Entscheidung. Ihren Schwestern würde das nicht gefallen, aber es gab keine Alternative.

Piper ging wieder in den Saal zurück. Die beiden Mädchen standen immer noch auf der Bühne und sangen gerade ein Duett. Als sie Piper bemerkten, drehten sie noch ein bisschen mehr auf und spielten mit aller Inbrunst »Rockstar«. Sie sind wirklich ziemlich niedlich, dachte Piper.

Sie wartete, bis das Lied vorüber war, und applaudierte angemessen. Dann überbrachte sie die schlechte Nachricht: »Wir haben ein Problem, und ich brauche eure Hilfe. Der Kühlschrank hat den Geist aufgegeben, und nun müssen wir das ganze Zeug in mein Haus schaffen, um es einzulagern. Und zwar sofort, bevor es schlecht wird. Könnt ihr beiden mir dabei helfen?«

»Kein Problem«, sagte Celeste und sprang von der Bühne.

Daria spielte mit dem Saum ihres roten T-Shirts. »Was ist mit der Pizza?«

»Wir machen sie bei mir zu Hause«, versprach Piper. »Wir haben dort zwar keinen echten Steinofen, aber etwas Leckeres werden wir trotzdem hinbekommen.«

Piper und die Mädchen machten sich an die Arbeit. Mit sechs Händen ging der Abtransport der Nahrungsmittel recht schnell.

Eine halbe Stunde später parkte Piper den Wagen vor dem Halliwell-Anwesen. Ihr Gewissen plagte sie jetzt doch ein wenig. Sie hatte ihren Schwestern versprochen, Celeste nicht mit nach Hause zu bringen, und nun brach sie ihr Versprechen und schleppte gleich zwei Heimkinder hierher. Na ja, wenigstens ist Prue bei der Arbeit, beruhigte sie sich. Und vielleicht übt Phoebe ja gerade ihr Karatezeug …

»Hier lebst du?«, fragte Celeste.

»Du musst ziemlich reich sein«, kommentierte Daria.

»Das Haus gehörte unserer Großmutter«, erklärte Piper, während sie den Wagen entluden. »Wir haben es geerbt, als sie starb. Es ist ziemlich funky eingerichtet.«

»Und wir werden deine Schwestern kennen lernen?«, wollte Daria wissen.

»Das will ich nicht hoffen«, murmelte Piper. Sie gab jedem der Mädchen einen Einkaufsbeutel und griff sich dann selber zwei. »Folgt mir«, sagte sie und führte die Teenager die Stufen zum Eingang hinauf. Sie fühlte sich fast wie die Anführerin eines Trupps von Pfadfinderinnen.

Los geht's, dachte sie, während sie die Tüten balancierte und die Tür aufschloss. Sie steckte ihren Kopf durch die Tür. Die Luft war rein – weder Phoebe noch Prue waren in Sicht. »Kommt rein«, sagte sie den Mädchen. »Die Küche ist dort drüben rechts.«

»Wow!« Celeste stieß beinahe gegen einen Tisch, während sie die hohen Mosaikfenster bewunderte. »Das ist ja hier wie in einer Kirche!«

Witzig, dachte Piper, wenn man bedenkt, dass niemand die Halliwell-Schwestern für Heilige halten würde.

»Kommt schon, Mädels«, rief sie. »Hier rein.«

Die Mädchen folgten ihr in die Küche und stellten ihre Tüten auf der in der Mitte des Raumes platzierten Kochinsel ab.

»Lasst uns erst das Zeug verstauen«, sagte sie. »Und dann machen wir wie versprochen Pizza.«

Celeste öffnete die Gefriertruhe. »Ist es okay, wenn ich eine der Abteilungen nur für die Lebensmittel aus dem Club freiräume?«

»Das ist eine prima Idee«, sagte Piper, der auffiel, dass Celeste viel entspannter wirkte, seit sie sich in der Küche befanden. Daria war hingegen … wo war Daria?

Piper steckte den Kopf durch die Tür zum Esszimmer und sah Daria, die vor einer Wand mit alten, sepiagetönten Fotografien stand.

»Wer sind die ganzen Leute?«, wollte Daria wissen.

»Entfernte Verwandte«, antwortete Piper. »Ich kenne von den meisten nicht einmal die Namen.«

»Sind da keine Fotos von dir und deinen Schwestern?«

»Nicht an dieser Wand«, sagte Piper.

»Sehen deine Schwestern so aus wie du?«

»Ein bisschen«, antwortete Piper geduldig. »Wir haben alle drei dunkles, glattes Haar. Komm rein, wir brauchen dich in der Küche.«

Daria folgte ihr in die Küche und schoss dabei noch ein paar Fragen ab. »Bist du die Jüngste? Was machen deine Schwestern?«

»Daria, ich komme ja gar nicht dazu, zu antworten.«

Daria kicherte. »Tut mir Leid. Ich bin wohl einfach ein bisschen zu neugierig.«

Piper war angenehm überrascht, dass es Celeste gelungen war, fast alle Nahrungsmittel aus dem Club in dem Gefrierschrank unterzubringen – bis auf einen Topf Eiskrem.

Sie hielt ihn demonstrativ hoch. »Ich kann das hier einfach nicht mehr verstauen«, erklärte sie grinsend.

»Das ist schon okay«, versicherte ihr Piper. »Ich weiß genau, was wir damit anfangen.« Sie öffnete eine Schublade und holte zwei Schüsseln samt Löffeln heraus. »Haut rein, Mädels. Ihr habt es euch verdient.«

Während Celeste und Daria das Eis in sich hineinlöffelten, stellte Piper den Ofen an und bereitete die Pizza vor. War es machbar, die Pizza zu backen und die Mädchen aus dem Haus zu schaffen, bevor Phoebe oder Prue nach Hause kamen? Sie hoffte es inständig.

Celeste stellte ihre Schüssel in die Spüle und gesellte sich zu Piper ans Schneidebrett. »Also, fangen wir mit dem Teig an, der Soße oder dem Belag?«

»Wir werden schummeln und einfach den Tiefkühlteig benutzen, den ich aus dem Club mitgebracht habe. Wenn wir ihn frisch zubereiten würden, bräuchte das alles Stunden«, erklärte sie. »Und ich muss euch beide ja vor fünf Uhr wieder ins *Sunshine-Center* und mich in den Club zurückbringen. Also ... fangen wir mit der Sauce an!«

Celeste machte sich sofort an die Arbeit. Sie wechselte geschickt vom Anbraten italienischer Würstchen zum Zerschneiden von Tomaten. Und Daria ... wühlte sich durch die Küchenschubladen.

»Suchst du etwas?«, fragte Piper.

»Nein, ich sehe nur gerne, was die Leute so in ihren Häusern haben«, antwortete Daria. »Es sagt einem eine Menge über die dort lebenden Personen.«

Piper lenkte Daria zu einem der Schneidebretter. »Ich kann dir von mir sagen, dass ich gerne viel Knoblauch in meiner Sauce habe, also solltest du vielleicht anfangen, den zu schneiden«, schlug sie vor.

»Okay«, sagte Daria, auch wenn sie das nicht besonders begeisterte.

Piper leerte die Papiertüte mit den Pilzen in ein Sieb und begann, sie abzuwaschen. Sie konnte Celeste aus dem Augenwinkel sehen. Das Mädchen schien sich in der Küche wie zu Hause zu fühlen – sie goss das Fett der Würstchen ab und gab dann genau die richtigen Zutaten in der richtigen Reihenfolge hinzu. Sie schien sogar die Gewürze nach Augenmaß dosieren zu können.

»Hast du das schon mal gemacht?«, fragte Piper.

»Nicht Pizza, aber ich habe schon oft Spaghetti mit Tomatensauce gemacht«, sagte Celeste. »Bei meinen letzten Pflegeeltern habe ich das Kochen sogar meistens ganz alleine erledigt. Es war so ziemlich das Einzige, was mir da gefallen hat.« Sie zuckte mit den Schultern. »Ich fühle mich immer richtig wohl, wenn ich kochen kann.«

»So geht es mir auch«, gab Piper zu. Sie lächelte herzlich, und Celeste gab das Lächeln zurück. Ein Punkt für mich, dachte Piper. Schade, dass Daria nicht so viel Spaß zu haben scheint.

Sie drehte sich um, damit sie das Mädchen in das Gespräch mit einbeziehen konnte – und stellte fest, dass Daria verschwunden war. »Wo ist sie denn *jetzt* schon wieder?«, murmelte Piper ungehalten. Sie trocknete sich die Hände an einem Spültuch ab und ging ins Wohnzimmer.

Daria war nirgendwo zu sehen. Piper eilte in den Raum, den ihre Großmutter immer als Gewächshaus bezeichnet hatte. Die Fenster deuteten nach Süden, und die Pflanzen, die alle Wände zu bedecken schienen, verliehen dem Raum eine sommerliche Atmosphäre. Nein, Daria stromerte auch nicht zwischen den Gewächsen und den weißen Rattanmöbeln herum.

»Daria?«, rief sie. Als sie keine Antwort bekam, ging Piper die Treppe hinauf, in der Hoffnung, Daria im ersten Stock zu finden. Sie warf einen Blick in die Schlafzimmer. Nichts. Sie sahen genau so aus, wie sie am Morgen verlassen worden waren. Von dem jungen Mädchen fehlte jede Spur.

Pipers Herz schlug plötzlich heftiger. Daria war doch wohl nicht bis auf den Dachboden gelangt, oder? Der Gedanke trieb Piper die zweite Treppe hinauf.

Zum Dachboden, wo sie das *Buch der Schatten* aufbewahrten, die Quelle ihrer Kräfte. Der Dachboden, der ihr Geheimnis hütete, dass sie alle Hexen waren. Wenn Daria das Buch fand, gar darin las, würde sie die Wahrheit erfahren!

»Daria!«, rief Piper. Oh, bitte, lass sie nicht dort sein, betete sie. »Daria!«, rief sie erneut.

»Was?« Daria lehnte sich über das hölzerne Geländer und sah auf sie herunter.

War sie auf den Dachboden gegangen?, fragte sich Piper panisch. Sie versuchte, ihre Stimme ruhig klingen zu lassen. »Du solltest doch mit mir und Celeste Pizza machen. In der *Küche.*«

Daria grinste sie an. »Ich weiß. Aber ehrlich gesagt ist Kochen nicht so mein Ding. Aber dieses Haus ist *so* toll – all die Zimmer und die abgefahrenen Möbel.« Sie deutete auf die abgeschlossene Tür zum Dachboden. »Was liegt dahinter?«

»Eine Menge Staub«, antwortete Piper verkniffen.

»Kann ich mal sehen?« Daria drehte sich und griff nach dem Türknauf.

»Nein!«, rief Piper. Daria drehte sich wieder um und sah sie erstaunt an. Bleib cool, sagte Piper zu sich selbst. »Daria«, fuhr sie in etwas gefassterem Tonfall fort, »wenn du hier sein willst, dann bleibst du bei Celeste und mir in der Küche.«

»Okay, wenn du das so siehst.« Daria kniff die Augen etwas zusammen. »Das zeigt dann wohl, wie sehr du mir vertraust. Wir wollen doch nicht, dass das Heimkind die Fotos von den Wänden reißt oder …«

»Daria, das ist nicht fair …«, begann Piper. Aber die Worte blieben ihr im Hals stecken, als sie Prue am Fuß der Treppe stehen sah.

»Hi, Piper«, sagte ihre älteste Schwester lächelnd, doch Piper konnte den mühsam unterdrückten Ärger in ihrer Stimme hören. »Wer ist deine Freundin?«

»Was … was machst du denn so früh schon zu Hause?«, fragte Piper.

»Ich hatte den ganzen Tag Kopfschmerzen«, erklärte Prue. »Und sie sind gerade schlimmer geworden.«

Daria hüpfte die Treppe herunter. »Ich bin Daria«, sagte sie. »Welche von den Schwestern bist du?«

In diesem Moment entschied sich Celeste zu allem Überfluss, aus der Küche zu kommen. »Hey«, rief sie fast erleichtert. »Ich habe mich schon gefragt, wo ihr alle seid.«

»Alle?«, echote Prue. »Wie viele Leute sind denn derzeit hier im Haus, Piper?«

»Das sind alle«, versicherte ihr Piper. »Oh, und natürlich Phoebe.«

Die Vordertür öffnete sich, und Phoebe trat ein. »Klasse, da kommt sie auch schon.« Piper fragte sich, ob Prues Kopfschmerzen wohl ansteckend waren. Sie spürte, wie ihre Schläfen pochten.

Phoebes Blick wanderte von Piper zu Prue und von den Mädchen zu Piper. »Was ist hier los?«, fragte sie.

»Prue, Phoebe«, sagte Piper schnell, »das sind Daria und Celeste, meine Schützlinge. Wir machen gerade Pizza. Und wir müssen wirklich schnell wieder in die Küche zurück. Wir wollen die Sauce nicht anbrennen lassen.«

Piper scheuchte ihre beiden Gäste wieder in die Küche zurück und dachte über eine Möglichkeit nach, den Tag wieder einigermaßen in den Griff zu bekommen. Okay, ich werde die Pizza fertig machen, die Mädels wieder in das Center bringen und die Sache dann mit Phoebe und Prue klären ... Sie wischte sich eine Haarsträhne aus der Stirn. Oder ich werde selber im *Sunshine-Center* unterkriechen ...

Sie rührte die Sauce um und war erleichtert, dass Celeste den Teig bereits ausgerollt und in die gefetteten Pizzaformen gelegt hatte. Es geht doch darum, Spaß zu haben und mit den Mädchen Freundschaft zu schließen, ermahnte sie sich selbst. Also schließe fleißig.

»Belag!«, verkündete sie so begeistert, wie es ging. »Celeste, du bist für den grünen Pfeffer zuständig. Daria, du schneidest die Pilze und ein paar frische Tomaten.«

Prue steckte den Kopf durch die Tür. »Piper, könnte ich dich wohl mal für einen Moment sprechen?«, fragte sie freundlich. »Allein.«

Kein Zweifel, dachte Piper, ich habe mir definitiv Prues Kopfschmerzen eingefangen. »Eine von euch muss weiter in der Sauce rühren«, sagte sie zu den Mädchen.

Sie folgte Prue ins Gewächshaus, wo Phoebe schon auf sie wartete. Oh, oh, dachte Piper. Phoebe sah fast so sauer aus wie Prue. Das war kein gutes Zeichen.

»Piper, wie konntest du diese Mädchen hierher bringen, obwohl wir uns doch geeinigt hatten, dass du es nicht tun solltest?«, fragte Prue mit einem erbosten Flüstern. »Was hast du dir dabei gedacht?«

»Und wie bist du überhaupt an *zwei* Schützlinge gekommen?«, wollte Phoebe wissen.

»Eine Frage nach der anderen«, sagte Piper und hob abwehrend die Hände. Sie erzählte ihren Schwestern in knappen Worten, wie es zu dieser Situation gekommen war. »Ich hatte also wirklich keine andere Wahl«, endete sie. »Ich hatte ihnen eine Kochstunde versprochen, und wir mussten wegen des gefrorenen Fleisches sowieso hierher.«

»Ich kann das nicht glauben«, sagte Prue.

»Es war total verrückt«, stimmte Phoebe zu. »Und wenn ihr heute im Club nicht kochen konntet, warum hast du die Mädchen nicht auf ein ander Mal vertröstet und bist stattdessen mit ihnen in … ich weiß nicht … in den Zoo gegangen?«

»In den Zoo?« Piper rieb sich die Schläfen. »Sie sind dreizehn und nicht fünf!«

»Sind sie die ganze Zeit in der Küche gewesen?«, fragte Phoebe argwöhnisch.

»Celeste schon«, antwortete Piper wahrheitsgemäß.

»Als ich kam, stand Daria auf der Treppe«, erinnerte sie Prue. »Bitte sage mir, dass sie nicht auf dem Dachboden war.«

»Nein, ich habe sie aufgehalten, bevor sie so weit kommen konnte«, antwortete Piper.

»Sie hierher zu bringen war ja nicht einmal das Schlimmste«, fuhr Prue fort. »Aber jemand hat uns neulich im Club beobachtet, erinnerst du dich? Was, wenn uns Ärger bevorsteht?

Wenn ein Hexer oder irgendetwas anderes hinter uns her ist? Willst du die Mädchen wirklich dieser Gefahr aussetzen? Kannst du für ihre Sicherheit garantieren?«

Piper wusste, dass Prue damit ein gutes Argument gebracht hatte, aber es widerstrebte ihr, von ihrer älteren Schwester gemaßregelt zu werden. Eine Hexe zu sein bedeutete ja nicht, keinerlei Kontrolle über sein Leben zu haben. Und sie würde nie zulassen, dass Daria und Celeste etwas zustieß. »Das hier ist mir sehr wichtig«, erklärte Piper. »Und die Mädchen brauchen mich. Ich kann sie nicht einfach im Stich lassen.«

»Piper, ich weiß, du meinst es nur gut, aber du solltest dir das wirklich nochmal überlegen«, gab Phoebe behutsam zu bedenken.

»Okay, ich gebe zu, sie sind nicht leicht zu handhaben«, sagte Piper. »Besonders Daria. Aber …« Sie unterbrach, als sie eine Bewegung hinter sich wahrnahm.

Sie drehte sich um … und blickte Daria direkt in die Augen, die sie kühl ansah.

Prue und Phoebe erschraken. Piper fühlte sich plötzlich hundeelend. Sie wusste, dass ihre Schwestern jetzt genau das Gleiche dachten wie sie. Wie lang hatte Daria schon dort gestanden? Und wie viel hatte sie von dem Gespräch gehört?

War ihr klar, dass Piper und ihre Schwestern Hexen waren?

6

DARIA, SAGTE PIPER, als sie endlich ihre Stimme wiederfand. »Wie viel von unserem Gespräch hast du mitgehört?«

»Genug«, bellte Daria. »Genug um zu wissen, dass wir dir egal sind. Und deine Schwestern wollen uns nicht einmal in eurem Haus.« Sie rannte an Piper vorbei aus der Tür. Prue und

Phoebe machten instinktiv einen Schritt zur Seite, um sie durchzulassen.

»Daria, warte«, protestierte Piper. »Das ist nicht wahr! Du bist mir nicht egal! Du bedeutest mir sehr viel!« Sie rannte dem Mädchen nach und legte ihm einen Arm auf die Schulter.

»Fass mich nicht an«, zischte Daria, und ihre Augen blitzten wütend. »Ich bleibe nicht, wo man mich nicht will. Davon habe ich bei meinen Pflegeeltern schon genug gehabt.«

Piper zuckte zurück, als wäre sie geschlagen worden. Wie hatte sie es geschafft, diese Sache so völlig zu verbocken? Sie hatte doch nie gewollt, dass sich Daria wie ein unliebsames Pflegekind fühlte.

»Es tut mir Leid«, entschuldigte sie sich. »Es tut mir Leid, wenn ich dir wehgetan habe. Bitte komm mit rein, und gib mir eine Chance, die Sache zu erklären.«

»Du bist eine solche Lügnerin«, zischte Daria. »Du machst uns doch nur was vor. Warum gibst du es nicht zu? Celeste ist die, die du magst. Du hast mich doch bloß mitgenommen, weil du dachtest, es würde ihr gefallen. Na schön. Dann spielt doch Kochduell miteinander. Und ich werde euch auch bestimmt nicht dabei stören.« Daria riss die Eingangstür auf und stürmte nach draußen auf die Straße. Piper konnte ihr nur hilflos hinterherschauen.

»Was ist denn los?«, hörte Piper jemanden hinter sich fragen. Sie drehte sich um und sah Celeste, die von einer Schwester zur anderen blickte. Verwirrung stand ihr in das blasse Gesicht geschrieben. »Wo ist Daria?«

»Daria ist gegangen«, sagte Piper.

Celestes Augen weiteten sich überrascht. »Aber warum?«

»Das erkläre ich dir später«, sagte Piper. Sie griff nach ihren Wagenschlüsseln. »Im Moment musst du mir helfen, sie zu finden. Und Phoebe, tu mir einen Gefallen und stell den Herd ab, damit die Sauce nicht anbrennt.«

»Was immer du sagst«, antwortete Phoebe. Sie drehte auf dem Absatz um und eilte in die Küche.

Prue verschränkte die Arme vor der Brust. »Piper, wir müssen immer noch …«

»Stopp. Okay, Prue? Spar dir das«, fiel Piper ihr ins Wort. Sie rieb sich den schmerzenden Kopf. »Wir sprechen später«, versprach sie. »Aber jetzt ist es wichtiger, dass ich Daria finde.« Sie drehte sich zu Celeste um. »Komm.«

Der Nebel wälzte sich von der Bucht in die Stadt, während Celeste und Piper durch das eng bebaute Wohngebiet fuhren. Piper hatte ihr ganzes Leben in San Francisco verbracht, aber sie war immer wieder überrascht, wie schnell die Stadt im Nebel versinken konnte. Sie stellte die Scheinwerfer an und spähte durch die Windschutzscheibe.

»Ich verstehe das nicht«, sagte Piper und schaltete einen Gang runter, um die Steigung zu nehmen. »Wie und wohin konnte Daria nur so schnell verschwinden? Sie hatte doch keinen allzu großen Vorsprung.« Piper zermarterte sich das Hirn und versuchte sich vorzustellen, wohin ein Teenager ging, um sich abzukühlen. »Hat Daria Orte hier in der Stadt, die sie besonders mag?«, fragte sie Celeste. »Einen Lieblingsladen oder eine Spielhalle?«

Celeste blickte aus dem Fenster. »Nicht dass ich wüsste. Vielleicht ist sie ins Kino gegangen.«

»Oder vielleicht versteckt sie sich in einer Garage oder hinter einem Bus.« Piper schlug frustriert auf das Lenkrad. »Ich hätte keine Sekunde zögern sollen. Ich hätte ihr sofort nachlaufen müssen.«

Eigentlich hätte sie direkt die Zeit anhalten müssen, als Daria die Haustür erreicht hatte, aber sie hatte einfach zu viel Angst gehabt, dass die Mädchen etwas davon mitbekommen hätten.

Vielleicht hat Prue Recht, dachte Piper. Vielleicht ist eine Hexe kein geeigneter Mentor. Bisher habe ich die ganze Sache jedenfalls gründlich vergeigt. Ich würde niemals damit leben können, wenn Daria etwas zustößt. Und was soll ich Mr. Morgan sagen, wenn ich nur Celeste zurückbringe? Dass ich das andere Kind, das mir anvertraut wurde, verloren habe?

»Warum ist sie nur so überstürzt getürmt?« Celestes Frage brach in Pipers Selbstzerfleischungsstille.

»Weil …« Piper fuhr noch ein wenig langsamer, weil der Nebel zunahm. Es war, als führe man durch graue Watte. »Das ist doch bescheuert«, murmelte sie. »Wie sollen wir jemanden bei einer Sichtweite von unter 50 Zentimeter finden?«

»Piper, warum ist Daria abgehauen?«, insistierte Celeste.

Piper entschied sich, Celeste die Wahrheit zu sagen. »Daria hat ein Gespräch zwischen mir und meinen Schwestern mitgehört«, erklärte sie. »Und sie hat dabei wohl einige Sachen falsch verstanden. Sie dachte, ihr wäret mir egal. Aber das seid ihr nicht. Ich habe euch sehr gerne.«

»Deine Schwestern wollten uns aber nicht im Haus haben«, sagte Celeste leise. »Ich habe das an ihren Gesichtern sehen können. Besonders Prue.«

Piper erwog den Gedanken, das zu bestreiten, aber es reichte, dass Daria bereits davon überzeugt war, dass sie eine Lügnerin war; kein Grund, auch noch Celestes Vertrauen zu verspielen.

»Meine Schwestern haben ihre Gründe«, antwortete Piper schließlich. »Du musst mir einfach glauben, wenn ich dir sage, dass diese Gründe nichts mit dir oder Daria zu tun haben.«

»Was ist es dann?«

»Familienprobleme«, antwortete Piper. »Alte, dämliche Familienprobleme. Ich kann nicht mehr darüber sagen, aber es hat keinen Einfluss darauf, was ich für euch beide empfinde.«

Piper hielt an einer roten Ampel. Sie waren jetzt schon am Rande des Mission District. Piper fröstelte. Dies war nicht gerade die sicherste Gegend von San Francisco. »Denkst du, Daria ist vielleicht hier langgekommen?«, fragte sie.

»Hast du ein Handy?«, fragte Celeste.

»Ja, warum?«

»Warum rufst du nicht das *Sunshine-Center* an und fragst, ob sie dort ist?«

Piper schlug sich mit der flachen Hand auf die Stirn. Sie war so aufgeregt, dass ihr der Gedanke gar nicht gekommen war. »Gute Idee.« Piper nahm ihr Handy, als die Ampel gerade auf Grün sprang. Sie gab das Telefon an Celeste weiter. »Warum rufst du nicht an?«

»Klar.« Celeste tippte die Nummer ein. Jemand am anderen Ende nahm ab, und Celeste fragte nach Daria. Einen Augenblick später hörte Piper das Mädchen sagen: »Hey, Daria, bist du okay?« Celeste lauschte der Antwort und wandte sich dann an Piper: »Es geht ihr gut.«

Piper streckte ihre Hand nach dem Telefon aus. »Kann ich mit ihr sprechen?« Celeste gab ihr das Handy. »Daria, hier ist Piper. Bist du in Ordnung?«

»Was interessiert es dich?«, knurrte Daria in die Leitung.

Sie ist in Ordnung, entschied Piper. Sauer, aber in Ordnung. Sie wendete an der nächsten Kreuzung und fuhr in Richtung Center. »Daria«, sagte Piper in den Hörer, »es tut mir wirklich Leid, was passiert ist.«

»Das sollte es auch.« Mit einem Knacken war die Leitung unterbrochen.

Ooo-kay ... Piper klappte das Handy wieder zusammen. »Klasse Gespräch«, berichtete sie. »Ich habe das Gefühl, wir sind uns wirklich näher gekommen.«

»Daria kann ziemlich zickig sein«, gab Celeste zu.

»Ziemlich?«

»Sie hat halt einiges hinter sich. Und sie will nicht noch mehr davon.«

»Ich weiß«, sagte Piper seufzend. Sie würde schon einen Weg finden, die Sache mit Daria geradezubiegen. Sie musste. Und sie musste herausfinden, wie viel die Mädchen bereits über sie und ihre Schwestern wussten.

Am Samstagnachmittag bahnte sich Phoebe ihren Weg durch die belebte Tribüne des Oakland Stadions. Sie war beeindruckt, wie viele Zuschauer das Kampfsporttreffen der Bay

Area angezogen hatte. Sie hatte herausgefunden, dass das Turnier das ganze Wochenende dauerte, mit speziellen Veranstaltungen für Kinder, Erwachsene und sogar Senioren. Es wurden Bretter und Steinblöcke zerschlagen, man maß sich in *kata*, Selbstverteidigung und verschiedenen Waffentechniken. Aber deswegen war sie natürlich nicht gekommen.

Phoebe fand einen freien Platz und schlug das Programm auf.

»Schaukampf für Fortgeschrittene«, murmelte sie. Sie ging mit dem Finger die Liste der Namen durch, bis sie ihn fand – Kenji Yamada. Kenji's Match war für 14.15 Uhr angesetzt. Sie warf einen Blick auf ihre Uhr. Es war jetzt zwei. Also trieb er sich vermutlich schon irgendwo hier herum.

Sie spähte zu den Bänken, die vor den Kampfmatten standen. Unter den Teilnehmern entdeckte sie Kenji, der in seinem blitzsauberen weißen *gi* sehr gut aussah. Er trug den Braun-Gurt seiner alten Schule, was Sinn machte. Es wäre für ihn nicht fair gewesen, gegen Anfänger antreten zu müssen. Sensei Lopez marschierte vor den Bänken hin und her.

Kenji sah ein bisschen nervös aus. Wenn er wüsste, was ich weiß, dachte Phoebe, würde er sich nicht so viele Sorgen machen.

Phoebe lenkte ihre Aufmerksamkeit auf zwei Kämpferinnen im Ring – Teenager-Mädchen mit grünen Gurten. Sie bewunderte ihre klare und konzentrierte Technik. Hey, ich lerne anscheinend doch etwas, fiel ihr auf. Ich kann die einzelnen Schläge und Tritte bereits qualitativ beurteilen!

Eine Glocke ertönte, und die Mädchen verbeugten sich voreinander. Eine wurde zur Gewinnerin erklärt und bekam eine Trophäe.

»Wir beginnen nun mit dem *kumit* für Fortgeschrittene der Männer«, verkündete der Sprecher. *kumit*, so hatte Phoebe gelernt, war das japanische Wort für Kampf.

Phoebes Herz schlug ein wenig schneller, als Kenji in den Ring trat. Sein Gegner war ebenfalls ein Braun-Gurt, groß und mit sonnengebleichtem Rotschopf, Surfer-Typ.

Kenji und sein Gegner verbeugten sich voreinander und nahmen dann Aufstellung.

»*hajime*!«, rief der Ringrichter, und der Kampf begann.

Phoebe sah zu, wie Kenjis Gegner mit einem Wirbel aus Tritten und Schlägen begann, von denen manche so heftig aussahen, als könnten sie einen Ochsen umwerfen. Kenji wich geschickt aus, blockte ab, drehte sich weg und vermied so den direkten Körperkontakt. Dann versuchte der andere einen kräftigen Aufwärtshaken, was Kenji mit einem harten Schlag auf den Solarplexus quittierte. Er setzte direkt mit einem Roundhouse-Kick nach. Zwei Vorstöße, und der Surfer ging zu Boden.

Autsch! Phoebe zuckte zusammen, als Kenjis Gegner hart auf die Matte knallte. Es war schon ein bisschen seltsam, den Typen, in den sie verknallt war, so handgreiflich zu erleben.

Kenji wurde zum Gewinner dieses Kampfes erklärt. Das bedeutete, dass er gegen den Sieger der nächsten Runde antreten musste. Phoebe fragte sich, wie viele Kämpfe Kenji wohl noch absolvieren musste, bis er zu dem kam, den sie in ihrer Vision gesehen hatte.

Insgesamt wurde Phoebe noch Zeugin von vier Kämpfen, wovon Kenji drei gewann. Im vierten Match trat er gegen einen Gegner an, der aussah, als ob er im Bodybuildingstudio wohnte. Das *gi* passte kaum über seine schrankbreiten Schultern. Er besaß zwar nicht Kenjis Eleganz, konnte aber pure Kraft dagegen setzen. Und Kenji wurde sichtlich müde. Ein übler Roundhouse-Kick gegen das Kinn schien ihn fast niederzuwerfen, und danach fand er nicht mehr zu seinem Rhythmus zurück. Phoebe sah ihm an, dass es ihm schwer fiel, überhaupt im Ring zu bleiben.

Schließlich endete der Kampf, und Phoebe seufzte erleichtert auf. Der Ringrichter reckte Kenjis Arm hoch. »Kenji Yamada, zweiter Platz«, verkündete er. Es war alles exakt so verlaufen wie in der Vision. Ein kleiner Schauer durchlief ihren Körper. Egal, wie oft sie das erlebte, ihre Fähigkeit zur Vorhersage der Zukunft machte ihr immer wieder ein wenig Angst.

Ein Schwarz-Gurt-Träger überreichte Kenji eine Trophäe, Phoebe applaudierte heftig und legte noch einen schrillen Pfiff drauf. Während der Gewinner des Turniers seinen Preis erhielt, machte sie sich auf den Weg in die Arena. Sie fing Kenji kurz vor den Umkleideräumen ab.

»Phoebe, da bist du ja!« Kenji schien erfreut.

»Ich konnte mich aus der Verantwortung stehlen«, sagte sie. Das war nicht wirklich wahr. Sie hatte Prue einfach einen Zettel hinterlassen, in der Hoffnung, dass ihre große Schwester Verständnis haben würde. »Du warst toll!«, sagte sie zu Kenji.

»Nicht im letzten Kampf«, gab er zu und rieb sich den schmerzenden Kiefer. »Aber es war ein gutes Gefühl, mal wieder im Finale zu stehen. Ich habe mich besser als erwartet geschlagen, wenn man bedenkt, wie lange ich nicht mehr gekämpft habe.« Er sah sie an. »Komisch. Ich habe den zweiten Platz gemacht. Genau wie du es vorhergesagt hast.«

Phoebe lächelte. »Glückstreffer.«

»Tja«, sagte Kenji», so wird es wohl gewesen sein.«

Phoebe lächelte so verführerisch wie möglich. »Ich habe außerdem vorhergesagt, dass du so beschäftigt sein wirst, dass du mich nicht einmal bemerkst.«

»Also diese Weissagung wird auf keinen Fall eintreffen«, bemerkte Kenji. Seine warmen Augen leuchteten. »Aber es ist gut, dass ich während des Turniers nicht wusste, dass du hier bist. Das hätte mich doch ziemlich abgelenkt. Ich wäre mit meinen Gedanken ständig woanders gewesen.«

»Wirklich?«, spielte Phoebe den Ball zurück und rückte Kenji ein wenig näher. »Wie meinst du das?«

Kenji legte seine Hand auf ihre Hüfte. »Ich hätte mich gefragt, wie es wohl ist, dich zu küssen.«

Phoebe legte ihre Hand auf seine Schulter und hob den Kopf ein wenig an. »Ich denke, diese Frage können wir gleich hier beantworten.«

Seine Lippen trafen die ihren – zuerst nur zögernd. In Kenjis Kuss lag etwas Scheues, das Phoebe sehr süß fand. Sie ließ ihn spüren, dass er sich nicht zurückhalten musste. Er zog sie an sich und küsste sie etwas leidenschaftlicher. Phoebe presste ihren Körper an ihn und vergaß alles um sich herum. Sie gab sich total seinem Verlangen hin.

Schließlich lösten sich ihre Lippen wieder. »Wow«, murmelte sie. Sie machte einen kleinen Schritt zurück, blieb aber in seinen Armen. Sie fühlte sich in seiner Umarmung sicher und geborgen.

Kenji blickte sie an, und in seinen Augen leuchtete das Feuer. »Das war unglaublich«, sagte er schließlich.

Phoebe nickte und versuchte, nicht so albern und glücklich auszusehen, wie sie sich gerade fühlte. Wie oft hatte man schon das Glück, so prima zusammenzupassen – noch dazu mit einem Mann wie Kenji?

»Ich glaube, wir sollten das noch mal versuchen«, flüsterte Kenji in ihr Ohr. »Damit ich nicht das Gefühl habe, zu träumen.«

Er zog sie wieder an sich, und Phoebe spürte, wie sich ihre Vernunft regte. Sei vorsichtig, ermahnte sie sich. Du verliebst dich hier gerade viel zu schnell. Ganz langsam.

Kenji spürte ihr Zögern. »Versuche nicht, mir zu widerstehen, Phoebe«, rügte er sie sanft. Mit einer Hand hob er ihren Kopf sachte an. »Ich hab dich an der Angel.«

7

AM NÄCHSTEN NACHMITTAG saß Piper im Club auf einem Barhocker und studierte die Computerausdrucke der aktuellen Bestellungen.

»Na, irgendwelche faszinierenden Erkenntnisse?«, fragte Pete, der Barkeeper.

»Unser Umsatz ist prächtig. Vielleicht sollten wir die Öffnungszeiten verlängern. Also früher öffnen und später schließen«, berichtete Piper. »Wir könnten auch mittags öffnen, so als Café.«

»Dann ist die wohl unsere erste Kundin«, sagte Pete und nickte mit dem Kopf Richtung Eingang.

Piper drehte sich auf dem Barhocker herum und sah Phoebe in der Tür stehen. Sie wirkte ungewöhnlich nervös, wie Piper bemerkte.

»Noch ein Überraschungsbesuch?«, sagte Piper. »Hast du plötzlich deine Bestimmung als Putzfrau gefunden?«

»Nein, ich muss mit dir reden«, sagte Phoebe und zog sich die Jacke aus.

»Leg los.«

Phoebe warf Pete einen Blick zu. »Allein.«

Piper führte Phoebe zu einem Tisch. Sie hoffte inständig, dass ihre Schwestern nicht wegen irgendeinem Dämon gekommen war, der sich in ihr Leben geschlichen hatte, um sie alle auf das Übelste dahinzumeucheln.

»Ich wollte dir das schon letzte Nacht sagen, aber ich habe wohl gekniffen«, beichtete Phoebe.

»Raus damit«, sagte Piper, während sich ihre Hände in den Stuhl verkrampften.

»Ich habe jemanden kennen gelernt«, gestand Phoebe.

Piper spürte, wie sie sich wieder etwas entspannte. Mit menschlichen Problemen konnte sie umgehen. »Wirklich?«

Phoebe nickte. »Einen attraktiven, umwerfend charmanten, intelligenten und erotischen Jemand.«

Piper lächelte. »Hat dieser Jemand auch einen Namen?«

»Kenji Yamada. Er ist in meiner Karateklasse. Weil er nach Berkeley wollte, ist er von San Diego hierher gezogen. Er will Ingenieur werden.«

»Wow! Das klingt ja toll«, sagte Piper und versuchte, ermutigend zu klingen. »Hast du diesen Prachtburschen denn schon Prue gegenüber erwähnt?«

Phoebe zuckte zusammen. »Nein. Ich habe keinen Bock auf dieses ›Wir-müssen-vorsichtig-sein-mit-wem-wir-uns-einlassen‹-Gespräch, vielen Dank.« Sie machte eine kurze Pause. »Schade finde ich, dass Prue mir den Vortrag wahrscheinlich auch halten würde, wenn sie Kenji gut fände. Sie kann einfach nicht anders.«

»Na ja, aber es gibt nun mal gewisse Dinge zu beachten, wenn man als Du-weißt-schon auf Partnersuche geht«, gab Piper zu bedenken.

»Denkst du denn, das weiß ich nicht?«, erklärte Phoebe. »Ich habe seit Tagen an nichts anderes gedacht! Aber ich habe auch festgestellt, dass Kenji etwas Besonderes ist. Ich mag ihn. Ich meine, ich mag ihn wirklich!« Ihre Stimme wurde zu einem Flüstern. »Und die Tatsache, dass ich eine Hexe bin, wird mich nicht davon abhalten, verliebt zu sein.«

»Gut!« Piper nickte heftig. »Ich denke auch, dass wir wegen unserer Kräfte nicht gleich unser Leben aufgeben müssen.«

»So sieht es aus.« Phoebe ließ ihren Kopf auf ihre Hände sinken. »Aber die ganze Sache macht mich doch ziemlich nervös.«

»Warum?«

»Warum? Darum!«, jammerte Phoebe. Sie hob wieder den Kopf. »Wegen unserer Familiengeschichte und wegen der blöden Situation, falls ich ihm jemals erzählen muss, was mit mir los ist. Weil ich nie weiß, wann wieder irgend so ein Hexer auf der Bildfläche erscheint, und weil ich *diese* Sache wirklich, wirklich nicht vergeigen will.«

Piper sah ihre Schwester prüfend an. Wenn es um Männer ging, war Phoebe normalerweise ein Freigeist. Sie hatte sie noch nie so ernst über eine Beziehung sprechen hören.

Phoebe richtete sich in ihrem Stuhl auf. »Ich will es langsam angehen lassen«, sagte sie.

Piper hatte jetzt Mühe, nicht vom Stuhl zu fallen. Ihre Schwester hatte noch nie etwas langsam angehen lassen. Dieser Typ musste echt etwas Besonderes sein.

»Nun?«, fragte Phoebe fordernd. »Wirst du mir jetzt nicht sagen, dass das eine exzellente, reife und vernünftige Einstellung ist?«

Piper lächelte. »Es ist eine exzellente, reife und vernünftige Einstellung, aber sie klingt so gar nicht nach dir, sorry.«

»Ich weiß«, sagte Phoebe. »Das liegt nur daran, dass ich Kenji so … gern habe.«

»Dann halt dich ran …«, begann Piper. Sie unterbrach, als sie bemerkte, dass Celeste durch eines der Fenster hereinlugte. Das Mädchen trug T-Shirt und Jeans, sah halb erfroren und elend aus. In Pipers Kopf gingen die Sirenen los. Was macht sie hier? Und wie ist sie den ganzen Weg durch die Stadt hergekommen? Irgendetwas war nicht in Ordnung.

Sie bedeutete Celeste hereinzukommen. »Tut mir Leid, dass ich das Gespräch abbrechen muss«, sagte sie zu Phoebe.

»Das ist okay«, meinte Phoebe. »Die wichtigsten Sachen haben wir ja auch durch. Ich wollte es nur jemandem erzählen.«

Celeste betrat den Club, und Piper winkte sie an den Tisch. »Erinnerst du dich noch an meine Schwester Phoebe?«

»Ja.« Celestes Stimme klang kühl und vorsichtig.

Phoebe lächelte das Mädchen an. »Tut mir Leid, wenn die Stimmung bei uns im Haus letztens nicht so toll war. Ich muss jetzt leider los, aber vielleicht können wir uns ja ein andermal zusammenhocken und uns kennen lernen.«

Celeste sah überrascht aus. »Sicher«, sagte sie. »Das wäre cool.«

Nachdem Phoebe weg war, sagte Celeste: »Die ist ja echt nett.«

»Ja, sie ist okay«, stimmte Piper grinsend zu. Dann legte sie die Stirn in Falten. »Was ist mit dir?«

Celeste schwieg, und Piper machte sich Sorgen. »Du siehst aus, als ständest du kurz vor dem Erfrierungstod. Ich hole dir einen heißen Tee. Willst du auch noch einen Pulli?«

Celeste schüttelte ungeduldig den Kopf. »Es geht um Daria. Seit wir am Freitag bei euch im Haus waren, benimmt sie sich seltsam.«

»Bleib sitzen«, befahl Piper. Sie brachte Celeste einen heißen Pfefferminztee. »So«, sagte sie und setzte sich dem Mädchen gegenüber. »Und jetzt sag mir, was los ist.«

»Daria ist die letzten beiden Nächte ausgebüxt. Beide Male kam sie nicht vor drei oder vier Uhr morgens zurück.«

»Wo ist sie hingegangen?«, wollte Piper wissen.

»Ich weiß es nicht. Sie spricht nicht mit mir. Oder den anderen im Center. Es sei denn, um komische Warnungen abzulassen.«

»Was denn für Warnungen?«, fragte Piper nervös.

»Sie sagt Sachen wie ›Bald braucht ihr euch um mich nicht mehr zu sorgen‹. Gestern stand sie vor dem Spiegel und murmelte ›Bald werde ich verschwinden‹.«

Celestes Augen hefteten sich an Piper fest, als wollte sie die Reaktion der jungen Halliwell-Schwester einschätzen. Piper verhielt sich nach außen ruhig, als würde sie mit so etwas ständig konfrontiert. Aber in ihrer Brust schlug ihr Herz wie wild gegen die Rippen. Das klang alles gar nicht gut.

Celeste rutschte auf ihrem Sitz herum und starrte auf ihre Finger. Piper fragte sich, ob Celeste das Gefühl hatte, Daria zu verraten.

»Ist schon okay, Celeste«, versichterte Piper ihr. »Es ist wichtig, dass du mir alles sagst.«

Celeste atmete tief ein. »Heute war es ganz seltsam. Sie hat so etwas gesagt wie ›Es ist hier drin nicht dunkel genug. Ich werde die Dunkelheit anrufen‹.«

Pipers Kopf ruckte nach oben. Die Dunkelheit anrufen? Das klang wie eine Beschwörung.

»Hast du Mr. Morgan davon erzählt?«, fragte Piper.

Celeste schnaubte verächtlich. »Pah! Der würde doch bloß sagen, ich brauche mir über nichts Sorgen zu machen.« Sie lehnte sich über den Tisch. »Ich dachte, es wäre besser, ich käme zu dir.«

Piper spürte, wie sich ihr Herz öffnete. Es gab nun keinen Zweifel mehr – das Mädchen vertraute ihr.

»Daria macht mir Angst«, fuhr Celeste fort. »Wirst du mal mit ihr reden?«

Piper stand auf und griff sich eine Jacke und einen Pulli für Celeste. »Pete, ich bin so bald wie möglich wieder da.«

»Rechtzeitig zur Öffnung?«

»Ich werd's versuchen«, versprach Piper. »Das ist ein Notfall.«

Piper und Celeste stiegen in den Wagen, und Piper machte sich auf den Weg zum Center. Es war einer dieser düsteren, kalten Tage, der Himmel hing tief und drohend.

»War Daria im Center, als du losgegangen bist, um mich zu suchen?«, fragte Piper.

»Ja, das war gleich nachdem sie gesagt hat, sie wolle die ›Dunkelheit anrufen‹.« Celestes blaue Augen beobachteten Piper. »Warum hast du dich so aufgeregt, als ich davon erzählt habe?«

»Ich mache mir bloß Sorgen um sie«, antwortete Piper. Sie wollte nicht sagen, was sie insgeheim befürchtete – dass sich Daria mit schwarzer Magie eingelassen hatte.

Je mehr sie über die Adepten der schwarzen Magie lernte, desto mehr fürchtete sie sich vor ihnen. Sie lockten ihre Anhänger mit dem Versprechen von absoluter Macht – und Piper wusste, wie verführerisch so etwas sein konnte, besonders wenn man wie Daria in seinem eigenen Leben nur sehr wenig Kontrolle hatte. Dieses eine Mal wünschte sich Piper, mit ihren Verdächtigungen danebenzuliegen.

Ein paar Minuten später parkte Piper gegenüber dem *Sunshine-Center*. Mr. Morgan begrüßte sie im Gang des Gebäudes. »Celeste, Gott sei Dank, dass du wieder da bist.«

Celeste schnaufte. »Ich war doch gar nicht lange weg.«

»Du kennst die Regeln«, sagte Mr. Morgan. »Wenn du weggehst, musst du dich austragen – damit wir wissen, wo du bist und wann du wiederkommst.«

»Sie war bei mir«, sagte Piper schnell. »Es tut mir Leid, aber wir haben beide vergessen, sie abzumelden. Haben Sie Daria gesehen?«

»Vor einer halben Stunde war sie noch oben«, antwortete Mr. Morgan.

»Macht es Ihnen etwas aus, wenn wir mir ihr sprechen?«

»Selbstverständlich nicht.« Mr. Morgan lächelte. »Ich freue mich zu sehen, wie sehr Sie sich für das Mentor-Programm einsetzen, Piper.«

Piper lächelte ihn kurz an und eilte dann die Treppen hinauf. Celeste warf die Tür zu ihrem kleinen trüben Zimmer auf. »Sie ist weg«, meldete sie. »Ich habe dir doch gesagt, dass Mr. Morgan es nicht merken würde.«

»Dann warten wir auf sie.«

Celeste machte es sich auf ihrem Bett bequem, und Piper ging in dem Zimmer auf und ab. Wahrscheinlich reagiere ich zu heftig, dachte sie. Vielleicht ist Daria momentan nur etwas von der Rolle. Vielleicht geht es hier gar nicht um Hexerei. »Ist Daria vielleicht unterwegs, um eine Freundin zu besuchen?«, fragte Piper.

Celeste spielte an den Fäden ihrer ausgefransten Jeans. »Ich glaube nicht, dass sie außer mir noch Freunde hat.« Sie machte eine Pause. »Gestern hat sie allerdings mal telefoniert. Sie sprach mit jemandem wegen eines Treffens. Dabei hat sie von einem Meister geredet.«

Piper lehnte sich gegen den Tisch. »Der Meister von was?«

Celeste zuckte mit den Achseln. »Keine Ahnung. Vielleicht meinte sie den Rapper Master D.«

Oder einen Meister der schwarzen Magie, setzte Phoebe in Gedanken hinzu.

Das reicht. Es ist definitiv an der Zeit, mal ein bisschen rumzuschnüffeln. Und sei es nur, um mich zu überzeugen, dass ich mich irre, entschied sie. Sie musste es riskieren, um Darias willen. Sie hob ihre Hände und hielt die Zeit an. Celeste verharrte wie angewurzelt auf dem Bett. Piper durchquerte den Raum und schloss die Tür ab. Sie ging sehr zügig zu Werke, denn sie kannte die Unvorhersehbarkeit ihrer Fähigkeit, was deren Dauer anging.

Zuerst beschäftigte sie sich mit der Kommode. Die ersten beiden Schubladen enthielten nur Klamotten, und einige davon gehörten augenscheinlich Celeste. Aber in der dritten Schublade, unter Darias T-Shirts, fand Piper zwei dicke schwarze Kerzen, ein Pentagramm und eine krude Puppe.

Piper setzte sich wieder hin und ließ die Beweisstücke auf sich wirken. Es sah alles danach aus, als ob Daria sich wirklich mit dunklen Mächten eingelassen hatte. Aber wie tief steckte sie schon drin?

Piper suchte weiter. In der vierten Schublade befanden sich Socken und Unterwäsche, und auch in der Kleiderkammer fand sie nur Kleidung, kleine leere Koffer, einen Morgenmantel und zwei leichte Mäntel.

Piper warf Celeste einen schnellen Blick zu. Gut. Sie war immer noch eingefroren. Sie schloss die Kammertür und wühlte eilig in der Schublade des Schreibtischs. Stifte, Klebeband, einige Umschläge, ein leerer Notizblock. Und ein sorgfältig gefaltetes Stück rotes Papier.

Piper faltete das Blatt auseinander. Es war eine Adresse darauf gekritzelt: 4829 Colwood Street. Sie wusste nicht, wo das war, aber es war eine Spur, die sie vielleicht zu Daria führte.

Ein kleines Aufflackern der Realität erregte ihre Aufmerksamkeit. Der Zeitstopp endete. Hastig schloss Piper die Zimmertür wieder auf und setzte sich wieder auf den Schreibtisch.

»Piper?« Celeste blinzelte und sah sie verwirrt an. »Ich muss wohl etwas abgedriftet sein. Was hast du gesagt?«

Piper zeigte ihr den Zettel. »Ist das Darias Handschrift?«

»Ja.«

»Kennst du diese Adresse?«

»Nein.« Celeste schüttelte den Kopf.

»Dann sollten wir besser mal dort nachsehen«, entschied Piper. »Und zwar sofort.«

8

Piper sass hinter dem Steuer ihres Wagens und studierte einen Stadtplan.

»Hast du es gefunden?«, fragte Celeste ungeduldig.

»Ich glaube schon.« Pipers Stimme klang grimmig. »Dieser Ort, was immer dort auch sein mag, liegt nicht gerade in der besten Gegend.«

Das war eine freche Untertreibung. Colwood Street lag in der so genannten Western Addition, im Zentrum und direkt zwischen Hayes Valley und Fillmore. Es war eine der übelsten Gegenden der Stadt. Erst kürzlich hatte Piper im Fernsehen wieder einen Bericht über Schießereien in den heruntergekommenen Sozialbauten gesehen.

Was also machte Daria dort? Hing sie vielleicht mit einer Gang rum, oder hatte sie was mit Drogen zu schaffen? Beides schien Piper fast so schlimm wie der Umgang mit schwarzer Magie.

»Was macht dich so sicher, dass Daria dort ist?«, fragte Celeste, während sie auf Fillmore zufuhren.

»Ich bin nicht sicher«, gab Piper zu. »Aber irgendetwas stimmt nicht mit ihr. Und wenn wir herausfinden wollen, was es ist, dann ist diese Adresse derzeit unsere einzige Spur.«

Geduld, rügte sich Piper, während sie viel zu hektisch die Straßen von Fillmore im Stop-and-go nahm. Sie hätte im Moment sogar gerne ein Strafmandat wegen überhöhter Geschwindigkeit kassiert, aber der dichte Verkehr erlaubte kein Tempo über 45 Kilometer die Stunde.

Die Autoschlange wurde erst bei Colwood wieder brüchig. Hier gibt es keine Sozialbauten, stellte Piper schaudernd fest. Nur vernagelte und zugemauerte alte Gemäuer und Grundstücke, die zum Teil mit Müll gefüllt waren. Versteckte sich Daria hier? Piper fuhr noch langsamer. Sie sah eine fleckige Matratze, zwei zerstörte Klosetts, zerbrochenes Geschirr, ein kaputtes Dreirad. Nichts, wohinter sich ein weggelaufener Teenager verstecken konnte.

Doch irgendetwas in dieser Straße, mal abgesehen von dem Dreck und dem Verfall, machte Piper unruhig. Sie hoffte, dass sie Daria schnell finden würden und dann wieder fahren konnten.

»Erkennst du irgendwelche Hausnummern?«, fragte sie Celeste.

»Sind auf den ausgebrannten Häusern schwer auszumachen«, vermeldete das Mädchen.

»Ich weiß, halte aber trotzdem Ausschau nach 4829.«

Celeste fröstelte. »Piper, mir gefällt es hier nicht.«

»Mir auch nicht«, gestand Piper. Ihr wurde nun bewusst, dass die Colwood Street völlig ausgestorben war. In anderen heruntergekommenen Teilen der Stadt sah man zumindest mal einen Obdachlosen oder eine Katze. Aber hier war es so still wie auf einem Friedhof. Es gab keine Anzeichen von Leben – nirgends.

Schweiß lief ihren Rücken hinab, und ein Schauer erfasste sie. Plötzlich hatte sie einen schlechten Geschmack im Mund, und ihr Magen drehte sich. Verdammt! Was ist das denn? Habe ich mir etwa was eingefangen?

»Sollen wir vielleicht mal Darias Namen rufen?«, fragte Celeste nervös.

Piper hob die Schultern, zu ängstlich, um etwas zu sagen. Sie wollte Celeste nicht erschrecken, indem sie ihr sagte, was sie momentan fühlte.

»Da!«, rief Celeste. Sie deutete zur anderen Seite der Straße, wo auf einem kleinen Hügel die Reste eines alten viktorianischen Hauses standen. Und tatsächlich, die Hausnummer 4829 war immer noch zu erkennen.

Piper hielt am Bordsteinrand an und sah sich den düsteren Bau genauer an. Das Dach über dem zweiten Stock war eingestürzt. Die Vorderseite war vor langer Zeit schon mit Gang-Graffiti besprüht worden, aber selbst die waren schon verblichen. Die Fenster waren mit Brettern vernagelt.

Piper atmete tief ein. Die Vordertür stand leicht offen. War Daria dort drinnen?

»Das ist es«, sagte Celeste und kletterte aus dem Wagen.

Wieder erschauderte Piper. Ihr Magen grummelte. Sie fühlte einen Kloß im Hals. Eine Lebensmittelvergiftung? Ihr war noch nie so schnell so schlecht geworden. »Celeste, warte!«, rief sie.

Doch Celeste marschierte bereits auf das Haus zu.

Piper legte ihren Kopf auf den Lenker. Sie fühlte sich nicht in der Lage, Celeste zu folgen. Aber sie hatte keine Wahl.

Sie schälte sich aus dem Wagen und richtete sich an der Motorhaube mühsam auf. Es wurde bereits dunkel, und die Luft stank nach verrottendem Abfall. Ein Schwindelgefühl erfasste sie. Ihr Magen rebellierte, aber sie zwang sich, auf das Haus zuzugehen, wo Celeste bereits die Stufen im Sturm nahm.

»Warte!«, rief sie. Aber ihre Aufforderung drang nicht weit. Stattdessen rief Celeste: »Sieh mal, die Tür ist offen!« Sie verschwand im Haus.

»Nein!«, rief Piper. »Celeste, komm sofort wieder raus!«

Piper wankte, machte einen weiteren Schritt vorwärts, und eine erneute Welle der Übelkeit überkam sie. Es wurde schlimmer, je näher sie dem Haus kam. Das ist keine Grippe, erkannte Piper mit Schrecken. Es ist etwas, das von dem Haus ausgeht. Von dem Haus, in das Celeste gerade gegangen ist.

»Hilfe!«, ertönte es plötzlich in der stickigen Abendluft. »Piper, hilf mir!« Es war Celeste, die von drinnen gerufen hatte.

Piper vergaß die Magenkrämpfe und kämpfte sich die Stufen hoch. Dann stieß sie die verottete Eingangstür auf.

Im Innern des Hauses war es stockfinster. Piper versuchte, ihre Augen schnell an die Dunkelheit zu gewöhnen. »Celeste!«, rief sie. »Wo bist du?«

»Ich bin hier o ...« Der Ruf des Mädchens brach ab. Aber es hatte gereicht, um Piper in eine bestimmte Richtung zu lenken. Nach oben.

Sie bemühte sich, in der Finsternis etwas zu erkennen, und schließlich gelang es ihr, ein Holzgeländer zu packen. Halte durch, Celeste, betete sie im Geiste. Ich bin gleich bei dir.

Halb kriechend, halb stolpernd schleppte sich Piper die Treppe hinauf. Sie keuchte und hielt an, als sie ein seltsames Leuchten auf dem Absatz vor sich sah. Die Härchen in ihrem Nacken stellten sich auf.

Sie zwang ihren Körper noch ein paar weitere Stufen hoch, immer im Kampf gegen die Übelkeit. Du hast es gleich geschafft, spornte sie sich selber an. Mit einem letzten Ruck hievte sie sich auf den Treppenabsatz.

Celeste lag auf dem Boden, ihr Körper in seltsamem grünen Licht gebadet. Ihre Arme waren zur Seite gestreckt, ihre Beine zusammengepresst. Soweit Piper das sagen konnte, wurde sie von nichts gehalten.

Außer von schwarzer Magie.

Piper überwand die letzte Stufe. Sie knirschte unter ihren Füßen, und Celeste blickte sie mit erschreckten Augen an.

»Piper«, schluchzte sie.

Bevor Piper noch einen Zentimeter vorankam, trat eine dunkle Gestalt in einer schwarzen Robe aus den Schatten in das grüne Licht. Piper konnte sein Gesicht nicht sehen, aber ihre Augen klebten an dem *athame*, dem rituellen Dolch, den er in der Hand hielt. Der Mann hob die Waffe hoch über Celeste und stieß dann kraftvoll zu.

»Nein!«, schrie Piper und nutzte all ihre Kraft, die Zeit anzuhalten. Der Dolch blieb mitten in der Luft abrupt stehen, keine dreißig Zentimeter über dem Bauch des Mädchens. Celeste fror ebenfalls ein, die Augen angstvoll zugekniffen.

Wir müssen hier raus! Piper stolperte zu Celeste und zog an ihrer Hand, aber wie sie befürchtet hatte, wurde das Mädchen immer noch von einem magischen Bann gehalten. Piper konnte sie nicht bewegen. Im Geiste ging sie alle Zaubersprüche durch, die sie jemals im *Buch der Schatten* gelesen hatte. Sie probierte es mit einem, der passend schien: »Knoten weg und dunkles Band, befreie den, den mein Herzschlag fand«, murmelte sie hastig.

Sie ergriff erneut Celestes Hand. Ja! Diesmal konnte sie das Mädchen bewegen. Ich habe es geschafft, jubelte Piper erleichtert. Ich habe den Bann des Hexers gebrochen. Das nächste Problem stand aber schon an. Sie war zu schwach, um Celeste zu tragen, und alleine gehen konnte das regungslose Mädchen auch nicht. Sie brauchte Celeste wach und wachsam, so dass sie aus eigener Kraft das Haus verlassen konnte.

Wenn sie wartete, würde der Zeitstop irgendwann vorüber sein. Celeste würde dann wieder in Ordnung sein – der Hexer aber auch.

Ich brauche noch einen Zauberspruch, dachte Piper fieberhaft. Aber welchen? Und dann fiel er ihr ein. Kein Spruch für Celeste, sondern einen für den Hexer. Und zur Sicherheit nahm sie ihm auch noch den Dolch aus den steifen Fingern. Sie drückte sich selber die Daumen, während sie den *athame* auf den Mann richtete und sprach:

»Grün wie das Gras, grün wie das Land,
wer schaden uns will, dem sei Licht unser Band.
Grün ist das Licht, gegen das Leid,
binde den Hexer, bis in alle Zeit!«

Piper hielt den Atem an, als das grüne Licht greller wurde und in lange, dünne Strahlen zerlief. Binnen weniger Sekunden hatte es den Hexer umfangen, eingekreist, und gefesselt, bis er in einem grünen Spinnennetz zu hängen schien.

Piper spürte, wie ihre Knie nachgaben. Die Sprüche hatten ihr fast alle Energie geraubt. Sie fühlte wieder den bekannten Ruck, als der Zeitstopp nachließ. »Komm schon, Celeste«, murmelte sie. »Ich kann dich nicht tragen.«

Celestes Lider flatterten. Sie starrte auf den Hexer, der sich nun auch wieder bewegen konnte, aber vergebens gegen die Lichtfesseln ankämpfte. »Was ... was ist passiert?«, fragte sie.

»Später«, sagte Piper. »Jetzt muss ich dich erst einmal hier rausbringen.«

Sie drehte sich um und strauchelte, als sie versuchte, die Treppe hinabzusteigen. Sie spürte Celestes Arm an ihrem. »Stütz dich auf mich«, sagte das Mädchen.

Schritt für Schritt und unter großen Schmerzen, half ihr Celeste durch das Haus und aus der Tür. Je weiter sie sich von dem verfluchten Ort entfernten, desto besser ging es Piper wieder.

Erschöpft ließ sich Piper in den Fahrersitz fallen und drehte den Zündschlüssel. Während sie die Colwood Street hinter sich ließen, kehrte auch ihre Kraft zurück. Sie warf Celeste einen Blick von der Seite zu. Der ganze Körper des Mädchens bebte. Piper griff nach ihrer Hand. Sie fuhren weit aus der Western Addition heraus. Bei einem Schnellrestaurant hielt Piper schließlich an.

»Wie wäre es mit einem Milchshake?«, fragte sie.

Celeste nickte, aber anstatt auszusteigen, warf sie ihre Arme um Piper. »Ich hatte solche Angst«, weinte sie.

Piper fühlte ihren Schmerz. In diesem Moment klang sie wie ein verängstigtes junges Mädchen und war mehr Kind als je zuvor.

»Ich weiß.« Piper hielt sie fest und streichelte ihr über das Haar. »Aber jetzt ist es vorbei. Ich werde dich beschützen. Das verspreche ich.«

Celeste wischte sich die Augen ab. »Denkst du, dass Daria in dem Haus ist?«

»Ich hoffe nicht«, antwortete Piper. Trotz allem, was sie Celeste erzählt hatte, fürchtete sie sich. Ob Daria in dem Haus war oder nicht, diese Sache war noch lange nicht vorbei. Sie hatte einen Hexer aufgehalten, aber das Böse in diesem Haus war verdammt stark. Sie war sicher, dass es dort noch weitere Hexer gab. Sie wollten sie, und sie wollten Celeste. Und nach Pipers Erfahrungen gaben Hexer nicht so leicht auf.

Während sie auf das Restaurant zugingen, steckte Piper den Wagenschlüssel in die Hosentasche – und spürte zwischen ihren Fingern wieder den Zettel mit der Adresse in der Colwood Street.

Die Adresse, die Daria notiert hatte. Sie und Celeste hatten dort beinahe ihr Leben verloren, und alles hing mit Daria zusammen.

Als sich der Hexenkreis in dieser Nacht wieder traf, war der Meister wütend.

»Wir haben einen unserer Brüder verloren«, sagte er zu seinen Anhängern. »Eine der Zauberhaften hat ihn magisch gefesselt, und wir können ihn nicht befreien. Wie viele von uns müssen sterben, bevor wir zuschlagen?«

Niemand wagte es, zu antworten.

»Ihre Kräfte«, knurrte er. »Wir müssen einen Weg finden, sie zu nutzen, sie gegen sie zu wenden, zu pervertieren.« Seine Stimme wuchs zu Donnerhall. »Wir können uns solche Niederlagen wie heute nicht noch einmal leisten! Ist das klar?«

»Ja, Meister«, rief die Gruppe unisono.

»Nun gut.« Seine Stimme wurde wieder leise, fast sanft. »Wo sind meine erwählten Spinnen?«

Adrienne und Kenji traten vor.

»Habt ihr ihre Kräfte identifiziert?«

»Nein«, antwortete Adrienne kaum hörbar.

»Ich bin nicht sicher«, sagte Kenji.

Der Meister hob die Hand, malte ein Pentagramm in die Luft, und die beiden stöhnten vor Schmerzen auf. Adrienne fiel auf den Boden und wand sich. Kenji ging mit schmerzverzerrtem Gesicht in die Knie.

Der Meister machte ein weiteres Zeichen, und die Schmerzen wurden schlimmer. Kenji schrie, und es war der verzweifelte Schrei eines verwundeten Tieres. »Bitte, hört auf, Meister. Ich flehe Euch an!«

Mit gelangweilter Geste zeichnete der Hexer ein drittes Zeichen, welches die Schmerzen beendete. Seine beiden »Spinnen« lagen schluchzend am Boden.

»Steht auf!«, rief der Meister mit Verachtung in der Stimme.

Zufrieden sah er, wie sich seine Vasallen wieder mühsam aufrappelten. »Versteht ihr die Strafe für Versagen?«

»Ja«, antworteten sie gleichzeitig.

»Was ihr gerade gespürt habt, wird euch wie liebevolle Streicheleinheiten vorkommen, wenn ich euch das nächste Mal bestrafe«, versprach er.

Er zog ein Objekt aus seiner Kutte. Es war ein rotes Samtband mit einem Knoten in der Mitte. »Dies wird uns helfen, aber eure Mitarbeit ist dennoch entscheidend für diese Mission. Was werdet ihr also tun? Adrienne?«

»Ich ... ich werde mir das Vertrauen von einer der Zauberhaften erschleichen, herausfinden, was genau ihre Kraft ist, und diese dann gegen sie wenden«, antwortete sie.

»Dann gibt es noch Hoffnung für dich«, erklärte der Meister. »Und du, Kenji?«

»Ich werde die jüngste der Schwestern in mich verliebt machen«, sagte er. »Ich werde ihr Herz erobern und es dann in Stücke reißen.«

9

PRUE, ICH BIN so froh, dass du vorbeikommst!« Adrienne grüßte sie von der Theke aus. Ihr langes, lavendelfarbenes Kleid mit den eingearbeiteten Zopfmustern erweckte bei Prue den Eindruck, ihre Freundin sei einem sehr alten Märchen entsprungen. »Ich habe gerade die Lieferung einer neuen Firma hereinbekommen. Dinge, die du kaum glauben wirst!«

»Ich schwöre dir, es ist echt gefährlich, diesen Laden zu betreten«, scherzte Prue.

Adrienne hielt erschreckt inne. »Was … was meinst du damit?«, fragte sie.

»Du hast immer irgendwelche neuen Sachen, ohne die ich dann nicht mehr leben kann«, erklärte Prue.

Adrienne lächelte. »Dann bist du heute in sehr großer Gefahr«, sagte sie. »Sieh dir das an.« Sie holte eine lange polierte Holzkiste aus dem Regal hinter sich. »Ein wahrer Schatz«, flötete sie, während sie den Deckel hob.

Prue sah, dass die Innenseite der Kiste mit blauer Seide ausgeschlagen war. Und zwischen den Falten des Stoffes lagen Dutzende kleiner blauer Fläschchen, alle mit handgeschriebenen Etiketten.

Prue hantierte ein wenig mit den zarten Flaschen herum. »Brennnessel, Steinrose, gelber Ampfer, falsches Einhorn, Pferdeschweif, Bergamott, Fenugreek, Lebenswurzel, Valerian, Schwarzwurz, Farnsaft …«, las sie laut vor. Sie wusste genau, was sie da vor sich hatte und was sie damit anfangen konnte, aber es erschien ihr sicherer, es nicht zu deutlich zu zeigen. Sie täuschte unschuldige Neugier vor. »Was ist das denn alles?«

»Tinkturen und Öle, einige davon Standard, andere von der Sorte, hinter der ich seit Jahren her bin. Jetzt hat der Laden endlich wirklich alles, was eine praktizierende Hexe braucht.«

»Das Gefühl habe ich schon immer gehabt, wenn ich in dieses Geschäft gekommen bin.« Prue studierte die Tinkturen. »Könnte ich mir die Lebenswurzel mal ausleihen?«

»So viel zu meiner vollständigen Sammlung«, seufzte Adrienne dramatisch. Sie hob das Fläschchen aus der Truhe und wickelte es in Papier.

»Prue«, sagte sie plötzlich, »darf ich dich mal was fragen – als Freundin?«

Prue lächelte. Warme Freude durchströmte sie. Adrienne betrachtete sie als Freundin! »Klar«, antwortete sie.

»Erinnerst du dich, worüber wir gesprochen haben, als du das letzte Mal hier warst? Kurz bevor die Horde Teenager hier eingefallen ist?«

»Du meinst die Sache mit deinen Kräften?«, fragte Prue vorsichtig.

Sie hatte gehofft, dass Adrienne noch einmal darauf zu sprechen kommen würde, auch wenn sie ihr eigenes Geheimnis nicht verraten konnte.

Adrienne gab Prue die Tinktur, schloss dann die Truhe und stellte sie wieder in das Regal. »Ich habe dir erzählt, dass ich seit meiner Teenagerzeit in der Lage bin, zu schweben«, sagte sie. »In letzter Zeit habe ich mich noch an einer anderen Kraft versucht und festgestellt, dass ich es auch kann – manchmal.«

Prue lehnte sich gegen den Tresen. »Von was für einer Kraft sprichst du?«

Adriennes Stimme wurde fast zu einem Flüstern: »Telekinese.«

Prues Herz stieß einen kleinen aufgeregten Schrei aus. Es gab eine andere weiße Hexe mit derselben Kraft? Sie sah auf ihre Uhr. In ein paar Minuten hatte sie einen Termin, aber das hier wollte sie sich nicht entgehen lassen. »Ich kann nicht lange bleiben, aber kannst du … kannst du es mir zeigen?«

»Ich werde es versuchen«, sagte Adrienne. »Ich bin immer noch ein Anfänger, also kann ich dir nichts versprechen. Ich fange«, sie stellte einen Amethyst auf die Theke, »damit an.«

Adrienne starrte auf den pinkfarbenen Kristall. Prue konnte sehen, wie sie Kraft sammelte, die Energien der Erde aufnahm und sie auf den Edelstein richtete. Doch der Amethyst bewegte sich nicht von der Stelle.

Adrienne atmete tief ein. Prue merkte, wie sie sich noch weiter in sich zurückzog und mit all ihrer Kraft Energie verströmte. Doch der Kristall blieb regungslos liegen.

Prue konnte es sich nicht mehr länger verkneifen. Mit einer vorsichtig dosierten Kleinstmenge ihrer Kraft schob sie den Amethyst ein wenig zur Seite.

»Hast du gesehen?« Adrienne war außer sich vor Freude. »Ich kann es kaum glauben. Ich habe sie tatsächlich. Ich habe die Kraft!«

»Du hast sie«, sagte Prue lächelnd. »Hör zu, ich muss los. Sehen wir uns später?«

»Oh, aber sicher«, sagte Adrienne.

Prue summte fröhlich vor sich hin, während sie die Flasche auspackte, die sie aus dem *Vollmond* mitgebracht hatte. Sie stellte sie auf den Sims im Salon und trat dann einen Schritt zurück, um den Anblick zu genießen. Perfekt. Das Blau der Flasche passte exzellent zum übrigen Dekor des Raumes.

Genau wie Adrienne und ich uns ergänzen, dachte Prue. Es ist so schön, sich mal mit jemand anderem als meinen Schwestern austauschen zu können. Es ist lange her, seit ich das überhaupt versucht habe. Glücklicherweise hatte Adrienne sie nicht enttäuscht.

Sie zerknüllte die *Vollmond*-Papiertüte; dabei fiel etwas zu Boden. Prue hob es auf. Es war ein Samtband mit einem Knoten. Wahrscheinlich ein Rest von Adriennes Verpackungsmaterial, vermutete sie. Sie steckte es wieder zurück in die Tüte.

»Prue!« Pipers Stimme ertönte aus der Eingangshalle.

»Hier!«, antwortete Prue.

Sie hörte die Schritte ihrer Schwester näher kommen. Schon flog die Salontür auf. »Hey, ich ...«

Prue sog heftig die Luft ein. Die blaue Flasche auf dem Sims wackelte. Sie konzentrierte sich und schickte einen mentalen Stoß, um sie wieder ins Gleichgewicht zu bringen.

Doch zu spät. Mit einem hässlichen Krachen schlug die Flasche auf dem Holzboden auf und zersplitterte. Piper quietschte überrascht auf. »War ich das? Du meine Güte, das tut mir Leid.«

Prue runzelte die Stirn. Das war seltsam. Warum ist es mir nicht gelungen, die Flasche per Telekinese festzuhalten? Vielleicht hat Pipers »Sturm« auf den Salon mich auch einfach nur abgelenkt.

»Prue?«, fragte Piper. »Wirklich. Es tut mir Leid. Ich kaufe dir eine neue ... was immer es auch war.«

»Nein, nein, ist schon okay. Ich hätte sie nicht so nah an den Rand stellen sollen.« Prue ging in die Küche, um Handfeger und Schaufel zu holen. Sie versuchte, das Geschehene als dummen Zufall abzutun, aber so sehr sie es auch versuchte, ein Gefühl der Verunsicherung blieb. Ihre Kräfte hatten sie noch nie im Stich gelassen. Was war der Grund, dass es diesmal anders war?

10

*P*HOEBE KLAPPTE ihren Regenschirm zu und betrat das *Toscana.* Sie blinzelte überrascht. Von außen sah das Gebäude aus wie ein ganz gewöhnliches Backsteinhaus im Embarcadero-Viertel. Der Innenraum des Restaurants jedoch war aufwendig gestaltet: Die Wände hatten die Farbe von altem Pergament, und der Boden war dunkelrot gefliest. Flammen züngelten aus einer offenen Feuerstelle, und handbemalte italienische Keramik zierte die Wände.

»Buona sera, Signorina«, begrüßte sie einer dcr Kellner freundlich. »Ein Tisch für wie viele Personen?«

»Zwei«, antwortete Phoebe. »Ich bin hier mit Kenji Yamada verabredet.«

»Hier entlang.« Er führte sie durch einen steinernen Bogengang, der zu einem Hinterzimmer mit Aussicht auf den verregneten Innenhof führte.

Kenji erhob sich, als sie an den Tisch trat. »Ich hatte auf einen Tisch im Hof gehofft, aber das Wetter …«

»Das ist toll«, versicherte sie ihm. »Ich fühle mich wie in der Küche eines alten italienischen Landhauses.«

Der Kellner brachte die Speisekarten, frisches Brot und ein kleines Kännchen Olivenöl.

»Du siehst wundervoll aus«, sagte Kenji, als der Kellner wieder fort war.

Phoebe lächelte. »Spielst du auf meinen semi-mittelalterlichen Look an?«

Sie hatte mehrere Outfits probiert, bevor sie sich für ein langärmeliges burgunderfarbenes Samtkleid entschieden hatte. Normalerweise bevorzugte Phoebe ihre Kleider kurz und eng anliegend, aber dieses war etwas ganz Besonderes. Es besaß ein tief ausgeschnittenes, gerades Dekolleté und einen voluminösen Rock, der von der Hüfte bis auf die Oberschenkel fiel. So wie Kenji sie ansah, war es wohl keine schlechte Wahl gewesen.

»Ich finde, du siehst umwerfend aus«, sagte Kenji. Er reichte Phoebe eine langstielige rote Rose. Ein rotes Samtband war um den Stiel geknotet.

»Oh, die ist aber schön!« Phoebe nahm die Rose entgegen. »Danke.«

Sein Blick traf den ihren, und es wurde Phoebe heiß und kalt. Er schien sich auf dieses Date genauso gefreut zu haben wie sie.

Sie strich ihm leicht mit den Fingern über das markante Kinn. »Die Prellungen sind fast schon wieder abgeschwollen«, stellte sie fest.

Er lächelte. »Ich spüre sie kaum noch.«

»Du scheinst froh, die Sache mit dem Turnier durchgezogen zu haben?«

»Das stimmt. Weil ich so gut abgeschnitten habe, lässt Sensei Lopez mich eine Klasse überspringen.« Er hob die Schultern. »Außerdem ist es gut, sich den Dingen zu stellen, vor denen man Angst hat.«

Es schien Phoebe, als hätten sie und ihre Schwestern nichts anderes getan, seit sie ihre Kräfte entdeckt hatten. »Ich weiß nicht«, widersprach sie, »ich denke, ich könnte prima ohne derartige Konfrontationen leben.«

Eine von Kenjis dunklen Augenbrauen hob sich. »Was meinst du damit? Klingt, als ob es bei dir normal wäre, ständig in beängstigende Situationen zu geraten?«

»Na ja, ich mache auch Karate«, sagte Phoebe schnell. »Bis jetzt ist zwar alles gut gegangen. Aber die Kämpfe bereiten mir doch ein wenig Sorge.«

»Diesen Teil finde ich auch nicht so toll«, gab Kenji zu. »Manche Menschen fühlen sich zum Kampfsport hingezogen, weil sie damit ihre Aggressionen kompensieren wollen.«

Phoebe nickte. Mit der schwarzen Kunst verhielt es sich nicht anders.

»Ich mag es, wie sich mein Körper anfühlt, wenn ich trainiere«, erklärte Kenji.

Und ich mag es, wie er aussieht, dachte Phoebe. Kenji trug ein kragenloses weißes Hemd und Khakihosen. Die Ärmel waren aufgerollt, so dass seine muskulösen, gebräunten Unterarme zu sehen waren. Phoebe seufzte glücklich. Ich liebe wohlgeformte Unterarme …

Der Kellner erschien wieder an ihrem Tisch, und Phoebe bestellte gegrilltes Huhn in Pilzsauce. Kenji orderte Pasta mit Spargelsauce.

»Also, erzähl mir von dir«, sagte Kenji, als der Kellner fort war. »Ich möchte absolut alles wissen. Bis jetzt weiß ich nur, dass du in New York gelebt hast, wieder hierher gezogen bist und dass du …«, er lehnte sich über den Tisch, »… phänomenal küsst.«

»Na ja … derzeit suche ich wieder mal einen neuen Job«, begann sie. »Ich habe mich noch nicht so richtig entschieden, was ich mit meinem Leben anfangen will. Meine Schwestern dagegen sind absolut karriereorientiert – Prue ist Antiquitäten-Spezialistin bei einem Auktionshaus, und Piper hat gerade einen total angesagten Club aufgemacht. Ich hingegen denke noch darüber nach, was ich mache, wenn ich groß bin.«

Kenji strich ihr sanft mit der Hand über die Finger. »Das klingt, als gäbe es daran etwas auszusetzen.«

»Na ja, meine älteste Schwester, Prue, wäre schon sehr erleichtert, wenn ich einen festen Job annehmen würde.«

Kenji schnippte mit den Fingern. »Ich hab's! Wie wäre es mit einer Karriere als Ingenieurin?«

Phoebe lachte. »Das ist mir ein bisschen zu heftig. Selbst Prue würde das einsehen.«

»Das klingt, als sei sie ziemlich hart mit dir«, sagte Kenji.

Phoebe legte den Kopf schief und stützte ihr Kinn auf die Hand. Es tat so gut, mit Kenji zu reden. Einen Moment lang dachte sie über ihre Beziehung zu Prue nach. »Nein. Prue und ich sind nur so verschieden. Wenn man dann unter einem Dach lebt, wird so was leicht … stressig. Aber wir lieben uns wirklich«, setzte sie eilig hinzu.

Kenji lächelte sie an. »Ich kann es kaum erwarten, sie zu treffen.«

»Bist du sicher, dass wir schon so weit sind?«, fragte Phoebe halb im Scherz.

»Phoebe, ich möchte dich kennen lernen. Das bezieht auch deine Familie mit ein. Außerdem habe ich das Gefühl, dass alle drei Halliwell-Schwestern zusammen ein ziemlich interessantes Erlebnis sein dürften.«

Ihre Bestellung kam, und für eine Weile sprachen sie wenig, es fielen lediglich ein paar Kommentare über das exzellente

Essen. Als der Kellner ihnen schließlich die Dessertkarte anbot, stöhnte Phoebe. »Ich kriege nichts mehr rein.«

»Ich auch nicht«, sagte Kenji und bat um die Rechnung.

Phoebe war ein bisschen enttäuscht. Ist das Date etwa schon vorbei? Vielleicht hätte ich ja noch ein Soufflé bestellen sollen – das dauert bekanntlich ewig.

»Ich habe eine Idee.« Kenji nickte in Richtung der Terassentür. »Der Regen hat aufgehört. Wie wäre es mit einem Spaziergang?«

Und so schlenderten sie die Embarcado entlang, die Hafenpromenade am Ostufer der Stadt. Die Luft war kühl, aber der Himmel war wieder klar, und der Anblick der sanften Brandung des Pazifiks war phänomenal.

»Phoebe«, sagte Kenji und blieb stehen. Er ergriff ihre Hand und zog sie zu sich heran. »Es gibt da etwas, das ich dir schon den ganzen Abend sagen wollte.«

Phoebes Puls beschleunigte sich. »Was?«

»Ich möchte, dass du weißt ...« Er machte eine Pause, als seien ihm die Worte ausgegangen. »Ich finde, du bist süß und intelligent und ... lustig, und du bist so wunderschön, dass ... es mich wahnsinnig macht.«

Phoebe sah Kenji tief in die Augen. Sie suchte nach einem Anzeichen für eine Lüge oder nach Hinterlist. Konnte dieser wunderbare, umwerfende Mann wirklich all die Sachen ehrlich meinen, die er da sagte?

»Du glaubst mir nicht.« Kenjis Stimme war sanft.

»Ich ... habe Angst davor«, gestand Phoebe. Wie hätte sie ihm auch sagen können, dass sie seit der Entdeckung ihrer Kräfte wusste, dass das Böse überall lauern und dass sie nur ihren Schwestern trauen konnte?

Kenji nahm sie in die Arme. »Vielleicht sollte ich dir einige deiner Zweifel nehmen«, murmelte er.

Phoebe roch den starken holzigen Duft seines Rasierwassers. Für eine Weile hielten sie einander nur fest, wie Freunde, die sich verloren und nach einer Ewigkeit wiedergefunden hatten. Dann streichelte seine Hand ihr Gesicht, und er hob ihr Kinn sacht an. Phoebe verspürte so etwas wie einen Rausch, als ihre Lippen die seinen berührten. Alles an Kenji fühlte sich so … richtig an – seine Berührungen, sein Geruch, sein Geschmack. Der Kuss war warm und leidenschaftlich, als wollte keiner von ihnen sein Ende erleben.

Phoebe war schließlich diejenige, die den Kuss abbrach, und die Intensität warf sie fast um. Wie soll ich es langsam angehen, wenn ich so etwas fühle? Wenn ich ihn so sehr will?

Kenji strich ihr zärtlich eine Haarsträhne aus dem Gesicht. »Und du glaubst mir wirklich nicht, wie sehr ich dich mag?«, fragte er.

Phoebe drehte ihr Gesicht, so dass es sich in seine Hand schmiegte. »Okay. Ich glaube dir.«

»Warum gehen wir nicht heim?«, schlug er vor.

»Du meinst in dein Apartment?«

Er nickte. »Wir haben ganze sechs Quadratmeter für uns.«

Phoebe lachte. »Klingt verlockend.« Sie schloss die Augen. »Aber ich kann nicht.«

»Was meinst du damit? Phoebe, sieh mich an. Ist was nicht in Ordnung?«

Phoebe öffnete die Augen und sah seinen fragenden Blick. Sie sah seine Verwirrung und hasste die Tatsache, dass sie der Grund dafür war. »Alles ist in bester Ordnung«, erklärte sie. »Und genau deshalb kann ich nicht.«

»Sorry, aber da komme ich nicht mit.«

»Kenji, ich kann nicht, weil sich bei dir immer alles so … richtig anfühlt. Ich möchte diese Sache nicht kaputtmachen, weil ich sie überstürze.«

Sie sah Verständnis in seinen Augen. »*Davor* hast du Angst?«, fragte er sanft.

Phoebe nickte.

»Kannst du denn etwa in die Zukunft sehen?«

Phoebe zuckte zusammen. Sie hielt den Atem an. Was meint Kenji damit? Hat er einen Verdacht, was meine Kräfte angeht?

Sie suchte in seinen Augen nach einer Antwort. Sein Blick war weich und liebevoll. Nein, entschied sie. Das kann nicht sein.

»Ich laufe dir nicht weg«, versicherte sie ihm. »Ich muss das nur langsam angehen.«

Er zog sie wieder in seine Arme. »Aber denk nicht, dass du mich so leicht loswirst.« Er spielte mit dem Samtband, das an der Rose hing, und lächelte verschmitzt. »Früher oder später, Phoebe, stehst du ganz in meinem Bann.«

11

*D*ER HEXENKREIS versammelte sich nach Mitternacht in dem alten Haus. Ein süßlicher, schwerer Geruch stieg aus dem Kessel auf und verbreitete sich im ganzen Raum. Der Meister entzündete die beiden zweiarmigen Kerzenleuchter und nahm dann seinen Platz vor dem Altar ein.

Er begann, lateinische Beschwörungsformeln aufzusagen, und seine Anhänger stimmten mit ein. Der große Kristall, der über ihren Köpfen hing, begann zu glühen, und obwohl alle Fenster und Türen fest verschlossen waren, wehte plötzlich ein eisiger Lufthauch durch den Raum. Die Kerzenflammen tanzten wild hin und her und warfen monströse Schatten an die Wände.

Der Meister ergriff das Wort. »Wir haben in unserem Kampf gegen die Zauberhaften Fortschritte gemacht«, verkündete er. »Wir haben herausgefunden, dass die mittlere Schwester die Zeit einfrieren kann. Mit dieser Macht konnte sie auch einen unserer Mitbrüder bannen.«

Ein anerkennendes Murmeln ging durch die Gruppe der Mitglieder. »Und nun zu den anderen Schwestern – was haben meine kleinen Spinnen herausgefunden?«

Langsam traten die beiden Gestalten in ihren schwarzen Roben nach vorn und knieten vor dem Meister nieder.

»Kenji?«, fragte der Meister.

Der junge Mann erhob sich. »Ich vermute stark, dass die jüngste Schwester, Phoebe, die Macht hat, die Zukunft vorherzusagen. Aber ich glaube nicht, dass sie das, *was* sie sieht, beeinflussen kann.«

Der Meister wandte sich zu Adrienne. »Und du?«

Adrienne erhob sich. »Die älteste Schwester, Prue, verfügt über die Gabe der Telekinese. Sie hat sie mir in meinem Laden vorgeführt.«

»Hervorragend. Ihr habt gute Arbeit geleistet.« Der Meister bedeutete seinen beiden Spinnen, zurück zu den anderen zu gehen.

»Zusammen sind diese Hexen also sehr mächtig, aber nicht unbesiegbar«, bemerkte der Meister. »Wir haben den Kristall. Wir haben die vereinte Kraft jeder Hexe und jedes Hexers in diesem Raum. Und wir können ihnen nun die volle Macht des roten Talismans entgegenschleudern. Meine Brüder und Schwestern, diese Hexen werden vernichtet werden!«

»Wartet!«, rief Adrienne in den Raum.

»Was gibt es denn?«, fragte der Meister ungeduldig.

»Gibt es denn keinen anderen Weg, die Zauberhaften unschädlich zu machen?«, fragte die Frau.

»Welchen anderen Weg?«, bellte der Meister seine Jüngerin harsch an.

Adrienne erblasste, gab aber nicht nach. »Kann unsere Schar ihnen nicht einfach ihre Kräfte nehmen? Warum müssen wir sie denn gleich töten?«

»Ganz einfach, meine unschuldige kleine Spinne«, sagte der Meister gefährlich leise, »wenn sie jetzt die Träger dieser großen Macht sind – was spricht dagegen, dass sie erneut davon erfüllt werden?«

12

AM NÄCHSTEN TAG bummelte Prue, eine kleine Einkaufstasche schwenkend, durch die 24. Straße. Viele der Geschäfte, an denen sie vorbeiflanierte, schlossen bereits, aber die Gegend wimmelte noch vor Leuten, die gerade von der Arbeit nach Hause gingen und in den Läden noch schnell etwas zum Abendessen einkauften oder sich in die Schlangen vor den Restaurants des Noe Valleys einreihten.

Prue schlenderte an den kleinen Tischen eines Straßencafés vorbei, und der unwiderstehliche Duft von frischem Espresso ließ sie innehalten. Es war ein langer Tag bei *Buckland's* gewesen. Vielleicht sollte sie sich noch ein Tässchen Kaffee gönnen?

Nicht heute Abend, entschied sie. Die Zeit würde zu knapp werden, wenn sie jetzt noch einen Zwischenstopp einlegte. Sie wollte rechtzeitig zu Hause sein, um noch schnell das Geschenk einzupacken, das sie für Phoebe gekauft hatte, bevor ihre Schwester vom Karateunterricht zurückkam.

Sie wechselte ihre Tasche in die andere Hand und dachte noch einmal, wie zufrieden sie mit ihrem Kauf war. Sie hatte ein Päckchen *herba euphrasia* gekauft zusammen mit einem wunderschönen, handgemachten blauen Keramikschälchen, um das getrocknete Kraut darin aufzubewahren. Sie war auf diese Kräuter aufmerksam geworden, als sie gestern im *Vollmond* gewesen war. Noch am selben Abend hatte sie im *Buch der Schatten* nachgeschlagen. *In Tee aufgelöst schenken sie sanften Schlaf und verstärken die Visionen der Zukunft,* behauptete das Buch. Die Kräuter schienen als kleines Friedensgeschenk für Phoebe wie geschaffen zu sein.

Nicht, dass Phoebe und sie sich in letzter Zeit wirklich zerstritten hätten, aber zwischen den beiden schien immer eine leicht gereizte Stimmung zu herrschen. Ein Misston, den Prue unbedingt aus der Welt schaffen wollte.

Sie seufzte, denn es war so, dass Phoebe dachte, sie würde ihren Einsatz nicht zu schätzen wissen. Zugegeben, sie war nie sonderlich begeistert gewesen von Phoebes Arbeitsaufassung. Aber nachdem sie ihre Kräfte bekommen hatten, war auch der Respekt für ihre jüngste Schwester gewachsen.

Phoebe war immerhin die Erste gewesen, die das *Buch der Schatten* ernst genommen hatte. Seitdem schien sie mit dem Buch auf besondere Weise verbunden zu sein. Und es war Phoebe gewesen, die Prue und Piper von der Wahrheit überzeugt hatte, davon, dass sie Hexen waren. Ganz abgesehen von ihrer Gabe, in die Zukunft sehen zu können, verfügte Phoebe auch über eine ausgeprägte Intuition, zu der die Schwestern im Lauf der Zeit Vertrauen gefasst hatten.

Prue eilte zu ihrem Wagen, weil sie noch vor dem Einsetzen der Rushhour zu Hause sein wollte. Sie hoffte, dass ihrer Schwester das Geschenk gefallen würde.

Vorausgesetzt, ich habe auch die richtigen Kräuter ... Sie öffnete die Tasche, um noch einmal nachzusehen. Nein, Adrienne hat mir diesmal die richtigen Zutaten gegeben. Natürlich hat sie das!, ermahnte sie sich selbst. Hör schon auf, immer so misstrauisch zu sein. Adrienne ist deine Freundin ... Da bemerkte Prue, dass noch etwas anderes in der Tasche war.

Das ist ja seltsam. Sie zog ein weiteres hellrotes Samtband hervor, das in der Mitte verknotet war. Das ist jetzt schon das zweite Mal, dass ich eines dieser Dinger finde. Wie ist es nur dort hineingekommen?

Auf das Samtband starrend überquerte sie die Straße. Ein Auto hupte laut auf, und sie riss erschrocken den Kopf hoch! Ein großer, schwerer Stadtjeep donnerte auf sie zu. Instinktiv feuerte Prue einen Strahl ihrer Kraft ab, um den Wagen zum Stehen zu bringen. Ich hoffe, er stößt nicht mit dem Wagen hinter ihm zusammen, dachte sie noch.

Doch der Jeep machte keine Anstalten, anzuhalten. Im Gegenteil: Prue erstarrte vor Entsetzen, als er kurz ins Schleudern geriet und dann genau auf sie zuraste!

Prue entfuhr ein lauter Schrei. Da legte sich ein starker Arm um ihre Hüfte und riss sie im letzten Moment von der Straße.

Prue und ihr Retter purzelten auf den Bürgersteig. Sie blickte auf. Neben ihr rappelte sich ein schlaksiger Teenager auf die Knie. »Sind Sie okay?«, fragte der Junge.

»Ich … ich glaube schon«, stammelte Prue.

»Dieser Riesenjeep hätte Sie fast über den Haufen gefahren«, sagte ihr Retter. »Sie sind ihm genau vor den Kühler gelaufen. Warum sind Sie denn nicht rasch beiseite gesprungen?«

»Ich … ich schätze, ich hab wohl nicht aufgepasst«, stieß Prue keuchend hervor. Sie setzte sich auf und wusste, dass sie immer noch viel zu zittrig war, um aufstehen zu können. Sie hatte sich bei dem Sturz eine Schramme am Arm geholt, aber ansonsten war ihr nichts passiert. Sie warf einen Blick in ihre Einkaufstüte. Das blaue Keramikschälchen war immer noch heil.

Aber sie fühlte sich, als ob dafür in ihrem Inneren etwas zerbrochen wäre. Noch nie hatten ihre Kräfte sie so jämmerlich im Stich gelassen.

Ihr Retter sprang wieder auf die Beine und hielt ihr die Hand hin, um auch ihr aufzuhelfen. Prue griff nach ihr. »Danke«, sagte sie gerührt. »Du hast mir das Leben gerettet.«

Der Junge errötete im ganzen Gesicht. »Ach, keine große Sache«, sagte er schüchtern. Passen Sie in Zukunft einfach ein bisschen besser auf sich auf, okay?«

»Das werde ich«, versprach Prue.

Entgegen ihren früheren Plänen ging sie zurück in das Café und bestellte sich eine große Tasse Kamillentee. Sie hatte fast ein bisschen Angst, in ihr Auto zu steigen und zu fahren.

Was ist da nur passiert?, fragte sie sich. Warum konnte ich den Wagen nicht anhalten? Sie atmete tief ein und versuchte, das Ganze von der logischen Seite zu betrachten. Ich *weiß*, dass ich meine Kraft eingesetzt habe. Aber der Wagen geriet nur kurz ins Schleudern und schoss dann direkt auf mich zu. Fast, als ob meine Kräfte genau das Gegenteil bewirkt hätten …

Das ist unmöglich, dachte sie. Und trotzdem bewies die Schramme an ihrem Arm, dass es so gewesen sein könnte. Sie fühlte, wie sie von neuem von Furcht ergriffen wurde. Ihre Hand zitterte so heftig, dass sie den Becher mit dem heißen Tee wieder absetzen musste.

Ich verstehe das nicht, dachte sie. Wie konnten meine Kräfte einfach so … nach hinten losgehen?

13

*P*HOEBE WAR ERSCHÖPFT und durchgeschwitzt, als Sensei Lopez den Unterricht für diesen Abend endlich beendete. Und ihre Rippen schmerzten von einem Tritt, den sie sich während des Trainings eingefangen hatte. Sie verließ als Letzte den Übungsraum und schlurfte, ihre pochende Seite reibend, in die Damen-Umkleidekabinen.

»Hey. Stehst du auf der Verletztenliste?«

Sie blickte auf und sah Kenji, der im Türrahmen der Herren-Umkleidekabinen stand. Phoebe vermutete, dass er hier war, um an dem Kurs für Fortgeschrittene teilzunehmen, der nach ihrem Training stattfand. Sie hatte ihn seit dem vorletzten Abend nicht mehr gesehen, an dem sie sich entschieden hatte, ihn nicht nach Hause zu begleiten. Sie fragte sich, ob er ihren Entschluss wirklich so ohne weiteres akzeptiert hatte.

»Ich schätze, ich werde es überleben«, erwiderte sie lächelnd und entschied sich, eine lockere Atmosphäre aufzubauen. »Ich werde wohl nur einen mordsmäßig blauen Fleck davontragen.«

»Ich habe den Tritt gesehen, der dich erwischt hat«, sagte Kenji. »Wenn du möchtest, können wir Ende der Woche gemeinsam trainieren. Ich kann dir dann zeigen, wie man solche Angriffe abwehrt.«

»Hört sich gut an«, sagte Phoebe. »Ich mag meine Rippen. Ich würde sie gern noch ein Weilchen behalten.«

»Ich mag deine Rippen auch«, sagte Kenji mit einem verführerischen Grinsen auf den Lippen. Phoebe entspannte sich. Alles in Ordnung.

»Weißt du, ich habe eine rein pflanzliche Heilsalbe in meinem Spind, die wunderbar gegen Prellungen hilft«, fuhr er fort. »Wenn du hier eine Sekunde wartest, hole ich sie.«

»Ja, gerne.« Phoebe sah ihm nach, wie er in der Umkleidekabine verschwand. Er ist echt cool, dachte sie – und so was von süß!

Nur Sekunden später drückte Kenji ihr schon eine Tube Creme in die Hand. »Du musst sie ein paar Mal am Tag auf die Verletzung reiben. Sie lindert die Schmerzen, und die Prellung geht davon sehr viel schneller zurück.«

»Geht klar, Herr Doktor«, sagte sie grinsend.

»Und rufen Sie mich morgen früh an«, fügte er hinzu.

Ist das jetzt sein Ernst? Will er wirklich, dass ich ihn anrufe? »Äh … würde ich ja gerne, Doc, aber ich kenne leider die Nummer Ihrer Praxis nicht.«

»Hmm, ich würde Sie Ihnen ja gerne geben, aber … mein Training beginnt in fünf Minuten, und ich muss noch ein paar Dehnübungen und ein *kata* machen. Wie wäre es, wenn wir uns einfach für morgen Abend verabreden?«

Phoebe blickte ihn mit gespieltem Ernst an. »Ich muss erst meiner Sekretärin sagen, dass sie in meinem Terminkalender nachsehen soll. Aber ich glaube nicht, dass es irgendwelche Probleme geben wird.«

»Großartig. Also treffen wir uns um sieben Uhr hier und überlegen uns dann, was wir unternehmen.« Kenji beugte sich zu ihr, berührte ihre Lippen mit einem flüchtigen Kuss und begann dann mit seinen Dehnübungen.

Wie auf Wolken schwebte Phoebe in den Umkleidraum. Sie

blickte ihr Spiegelbild an. Ihr *gi* war schweißdurchtränkt, und das Haar klebte an ihrer Stirn. Igitt! Ich sehe einfach furchtbar aus! Und Kenji hat mich *trotzdem* um eine Verabredung gebeten! Dieser Mann ist fast zu gut, um wahr zu sein!

Phoebe musste grinsen, als sie ihr *gi* auszog und dann die Salbe auf ihre schmerzenden Rippen rieb. Dann schlüpfte sie in ihr Lieblings-Kapuzensweatshirt und schloss den Reißverschluss ihrer Sporttasche. Sie war immer noch verschwitzt und wollte es nicht riskieren, sich draußen zu erkälten.

Sie trat aus der Umkleidekabine. Kenji war ganz allein auf dem Trainingsfeld und übte sein *kata.* Sie sah einen Augenblick lang zu, wie er einen perfekten Tritt aus der Drehung ausführte und dann flüssig in eine Serie von Schlägen überging. Er war dabei so konzentriert, dass er sie nicht einmal bemerkte.

Was soll's, dachte sie. Dann habe ich eben mal nicht seine ungeteilte Aufmerksamkeit. Er ist trotzdem ein wunderbarer Mann.

Phoebe deutete eine Verbeugung an, als sie das *dojo* verließ, und joggte dann ans Ende der Straße, wo sie ihr Auto geparkt hatte. Sie zerrte an der Tür – das Schloss war kaputt und sie hatte noch keine Zeit gehabt, es reparieren zu lassen –, ließ sich auf den Fahrersitz fallen und warf ihre Tasche auf den Sitz neben sich. Sie wollte gerade nach den Schlüsseln kramen, als sie bemerkte, dass unter der Tasche etwas hervorlugte. Sie zog daran.

Es war ein rotes Samtband mit einem Knoten in der Mitte. Seltsam, dachte sie. Wie ist das nur in mein Auto gekommen? Vielleicht ist es von der Rose abgefallen, die Kenji mir geschenkt hat, und dann irgendwie an der Tasche hängen geblieben, als ich mit ihr das Haus verlassen habe. Wer weiß.

Mit einem Achselzucken tastete Phoebe in ihrer Handtasche nach den Schlüsseln. Ihre Finger schlossen sich um Kenjis Heilsalbe. Sie zuckte in ihrem Sitz zusammen, als ein blendendes Licht vor ihren Augen aufblitzte. Eine Zukunftsvision strömte auf sie ein.

Sie sah sich und Kenji in ihren *gis* allein im *dojo*. Sie küsste ihn, genau so, wie sie es vor zehn Minuten getan hatte. Dann sah sie sich das *dojo* verlassen. Kenji trainierte unterdessen weiter – mit kraftvollen Bewegungen und großer Konzentration. So konzentriert, dass er nicht einmal bemerkte, dass außer ihm noch jemand in der Sporthalle war – ein riesiger Mann in einer schwarzen Robe – mit einem aufblitzenden Dolch, den er auf Kenji niedersausen ließ …

Die Vision brach abrupt ab.

»Nein!«, schrie Phoebe. Sie sprang aus dem Wagen und rannte zurück ins *dojo*. Ihre lädierte Rippe schmerzte, aber sie ignorierte es. Sie musste zu Kenji.

Mit wild pochendem Herzen riss sie die Tür zum *dojo* auf und stürzte zur Trainingshalle.

»Kenji?«, rief sie. Aber der Raum war verlassen.

Sie trat auf den Holzboden. Das *dojo* lag in unheimlicher Stille. Wo sind denn bloß alle?, fragte sie sich verwundert. Sollte hier jetzt nicht gerade der Kurs mit den Fortgeschrittenen stattfinden? Und wo ist Kenji?

Plötzlich sah sie aus den Augenwinkeln eine Bewegung im Spiegel. Sie fuhr herum und erstarrte. Der Angreifer mit der schwarzen Robe, den sie in ihrer Vision gesehen hatte, stürmte auf sie zu. Sie konnte sein Gesicht unter der Kapuze zwar nicht erkennen, aber der blitzende Dolch war dafür überdeutlich zu sehen.

Die Angst schien alle eingeübten Karatetricks schlagartig ausgelöscht zu haben. Mit einem Aufschrei rannte sie zur Tür. Plötzlich fühlte sie einen brutalen Ruck an der Kapuze ihres Sweatshirts. Ihre Hände griffen nach dem Halsausschnitt, der jetzt drohte, sie zu erwürgen. Der Angreifer benutzte die Kapuze, um sie zu sich hin zu zerren. Phoebes Knie gaben nach. Sie schlug auf den Boden.

Der Mann ließ ihre Kapuze los, und Phoebe hustete und keuchte, verzweifelt nach Luft schnappend. Sie blickte auf und sah, wie der Unbekannte den Dolch hob. Doch bevor er die Waffe in sie stoßen konnte, wurde er von einem ohrenbetäubenden Schrei bei seinem Vorhaben unterbrochen. Der Kopf des Mannes fuhr herum, was Phoebe die Chance gab, davonzukriechen.

Schnell wie ein Blitz stürzte Sensei Lopez auf den Mann in der Robe zu und griff nach dem Arm, der den Dolch hielt. Kraftvoll platzierte er einen gezielten Tritt auf den Ellbogen des Angreifers. Phoebe hörte ein abscheuliches Knacken, als der Arm brach. Der Mann ließ den Dolch mit einem Schmerzensschrei zu Boden fallen. Seinen gebrochenen Arm umklammernd suchte er das Weite.

»Phoebe«, Sensei Lopez kniete sich neben seine Schülerin. »Hat er dich verletzt?«

»Nein«, antwortete Phoebe. »Sie haben ihn gerade noch rechtzeitig daran gehindert.«

Der Karatelehrer tastete fachmännisch nach ihrem Puls. Dann sprang er wieder auf die Beine. »Du scheinst in Ordnung zu sein. Ist es okay, wenn ich dich für einen Augenblick allein lasse und die Polizei rufe?«

Phoebe nickte und setzte sich auf. Sie lehnte sich zitternd gegen die nächste Wand. Um ein Haar wäre sie von einem Wahnsinnigen mit einem Dolch getötet worden. Und sie hätte schwören können, dass der Angreifer ein Hexer war.

Sie erschauderte und fühlte, wie die irreale Leichtigkeit des ersten Schocks langsam verebbte. Aber was ihr wirklich Angst einjagte war die Tatsache, dass sie mit ihrer Vision zum ersten Mal völlig falsch gelegen hatte. Das, was sie gesehen hatte, war *nicht* das, was wirklich passiert war.

Irgendetwas stimmt mit meinen Kräften nicht – irgendetwas stimmt ganz und gar nicht.

14

PIPER STAND im Lagerraum des Clubs. Sie war in ihre wöchentliche Montagnachmittags-Inventur vertieft und überprüfte das Metallregal mit den Vorräten. Dabei murmelte sie vor sich hin: »Mehr Papiertaschentücher bestellen, genügend Servietten auf Lager legen, Untersetzer für die Bar werden langsam knapp …«

Plötzlich hörte sie ein Klopfen an der offenen Tür zum Lagerraum und sah von ihrem Clipboard auf. Celeste stand im Rahmen, mit dunklen Ringen um ihre blassblauen Augen.

»Celeste, bist du in Ordnung?«, fragte Piper.

»Ich werd's überleben«, antwortete das Mädchen.

Es war nicht einmal vierundzwanzig Stunden her, dass sie aus dem Haus in der Colwood Street entkommen waren. War etwa schon wieder etwas passiert? Wurde Celeste von einem neuen Hexer verfolgt?

Piper legte das Clipboard beiseite. »Wie wär's, wenn ich uns etwas zu trinken hole?«

»Prima.«

Piper kam mit zwei Fläschchen Mineralwasser zurück und setzte sich zu Celeste an einen Tisch.

»Du siehst aus, als hättest du letzte Nacht nicht viel Schlaf gehabt«, stellte Piper fest.

»Das habe ich auch nicht«, sagte Celeste leise. »Ich musste immer wieder an das Haus denken«. Sie warf Piper einen misstrauischen Blick zu.

Piper schluckte. Erinnert sich Celeste etwa daran, wie ich einen Zauberspruch angewendet habe? Oder gar an das Anhalten der Zeit? Ahnt Celeste, dass ich eine Hexe bin?

»Was ist denn mit dem Haus?«, fragte sie vorsichtig.

»Ich erinnere mich noch, wie ich allein hineinging und dann diese Treppe hinaufstieg. Ich erinnere mich an jemanden in einer Robe und an dieses furchtbare grüne Licht. Und ich erinnere mich daran, wie ich nach dir rief.« Celeste fröstelte. »Und dann ist meine Erinnerung wie ausgelöscht. Ich weiß nur noch, wie wir beide dieses Haus wieder verlassen haben.«

Piper spürte, wie ihre Anspannung nachließ. »Aber was ist denn seitdem passiert? Bist du okay?«, fragte sie besorgt.

Celeste nickte. »Aber ich mache mir Sorgen. Daria ist letzte Nacht zurückgekommen, und ... sie hat sich sehr seltsam benommen. Fast so, als ob sie ... besessen gewesen wäre.«

Piper spürte, wie ihre inneren Alarmglocken anschlugen. Vielleicht ist es das, was mit Daria los ist? Vielleicht hat ein böser Geist Besitz von ihr ergriffen? Wäre schließlich nicht das erste Mal, dass ich und meine Schwester es mit so etwas zu tun bekommen.

Celeste schob die Wasserflasche von sich. »Darum bin ich auch hier. Daria war neulich so furchtbar böse auf dich. Ich hatte wirklich Angst, dass sie dir etwas antun würde. Ich meine, gestern hat sie mir zum Beispiel gedroht, mich umzubringen, wenn ich in unserem Zimmer schlafen würde. Sie hat mir sogar das Messer gezeigt.«

»Sie hat *was*?«, stieß Piper hervor. »Wo hast du denn letzte Nacht geschlafen?«

»Auf einer der Holzbänke im Speisesaal. Das ist der einzige Gemeinschaftsraum, der nachts nicht abgeschlossen wird.«

»Hast du Mr. Morgan davon erzählt?«

Celeste verdrehte die Augen. »Sinnlos. Daria würde doch sowieso alles abstreiten.«

»Soll ich vielleicht mit Mr. Morgan reden und ihn bitten, dass er dich in einem anderen Zimmer unterbringt?«, fragte Piper.

»Das Center ist belegt bis auf den letzten Platz«, antwortete das Mädchen frustriert. »Er kann mich nicht in ein anderes Zimmer verlegen, ohne dass er jemand anderes bei Daria einquartieren muss. Und ich bin mir nicht so sicher, ob das eine gute Idee ist.«

»Ich auch nicht«, gab Piper seufzend zu.

Sie dachte einige Minuten lang über alle weiteren Möglichkeiten nach, bis sie sich eingestehen musste, dass es nur eine gab. »Celeste«, sagte sie, »würdest du vielleicht eine Weile bei uns wohnen wollen?«

Das misstrauische Funkeln blitzte wieder in den Augen des Mädchens auf. »Das meinst du doch gar nicht ernst.«

»Ich hätte es nicht gesagt, wenn ich das nicht täte.«

»Aber deine Schwestern ...«

»Meine Schwestern werden es verstehen«, entgegnete Piper mit mehr Überzeugung in der Stimme, als der Wirklichkeit entsprach.

Celeste wich ihrem Blick aus. Mit ihren Fingerspitzen zeichnete sie unsichtbare Linien auf die Tischplatte. Sie hat Angst, begriff Piper. Sie hat Angst davor, ja zu sagen. Angst, sich mit uns einzulassen und vielleicht enttäuscht zu werden.

»Celeste, du kannst nicht im Center bleiben, wenn du von Daria bedroht wirst.«

Celeste hob den Kopf. »Ich würde mir komisch vorkommen, einfach so bei euch aufzukreuzen.«

»Und was ist, wenn ich mit meinen Schwestern rede und wenn auch *sie* wollen, dass du bei uns einziehst?«

Auf Celestes Lippen blitzte ein trockenes Lächeln auf. »Klar doch, und außerdem wirst du mir noch die Golden-Gate-Brücke schenken, stimmt's?«

Piper ignorierte die sarkastische Bemerkung. »Ich rufe gleich an«, sagte sie und tippte schon die Nummer ins Telefon. Nachdem sie es mehrmals hatte klingeln lassen, legte sie wieder auf. »Niemand zu Hause«, erklärte sie.

Celeste stand auf. »Ich komme im Center schon zurecht. Echt, die Holzbänke sind gar nicht so übel.«

Piper wusste, dass sie Prue und Phoebe erst vorwarnen musste, bevor sie Celeste mit nach Hause brachte. »Ich werde morgen, nachdem ich mit meinen Schwestern geredet habe, vorbeikommen und dich abholen. Du wirst bei uns wohnen. Basta.«

Celeste fiel Piper um den Hals. »Das hoffe ich«, schluchzte sie.

Aufgewühlt ging Piper in den Lagerraum zurück. Sie konnte Celeste nicht im Stich lassen. Sie musste sich irgendetwas einfallen lassen. Das Mindeste, was sie tun konnte, entschied sie, war, Mr. Morgan anzurufen und ihm zu erzählen, was mit Daria los war. Er würde dann für Celeste einen sicheren Ort finden müssen, an dem sie unterkommen konnte – wenigstens für heute Nacht. Und dann würde sie sich seine Erlaubnis holen, dass Celeste für eine Weile bei ihnen wohnen durfte.

Sie griff nach ihrer Handtasche. Irgendwo da drin musste noch die Karte des Heimleiters sein. War sie in ihrem Portemonnaie? Nein. Im Terminplaner? Fehlanzeige. Sie wühlte weiter in ihrer Tasche und ertastete am Boden etwas, das sie nicht einordnen konnte.

Pipers Augenbrauen hoben sich vor Überraschung, als sie ein rotes Samtband hervorzog, das in der Mitte verknotet war. Wo kommt das denn her?, fragte sie sich und warf es achtlos in den Mülleimer.

Sie wollte gerade nach dem Telefonhörer greifen, um die Auskunft anzurufen, als sie ein vibrierendes Brummen hinter sich hörte. Sie drehte sich um und sah, wie eines der großen, mit Konservendosen schwer beladenen Metallregale hin und her wippte.

Starr vor Schreck musste sie zusehen, wie es langsam auf sie herabkippte. Piper warf die Hände nach vorn – eine Geste, mit der sie normalerweise die Zeit einfror.

Aber das Regal kippte unbeirrt weiter auf sie zu. Für die Dauer eines Herzschlages fühlte sich Piper wie gelähmt, unfähig, zur Seite zu springen oder sich mit Hilfe ihrer Kräfte zu retten. Schon rutschten die ersten Dosen heraus und polterten schwer zu Boden …

»Piper!« Joey, der Hilfskellner, stieß sie hart zur Seite. Dann schnellte er herum, stemmte sich gegen das Regal und hielt es fest. Langsam drückte er es zurück gegen die Wand. »Dieses Ding ist viel zu wacklig. Wir sollten es besser ausräumen, bevor noch mehr passiert.«

»Gute Idee«, stimmte Piper zu, in der Hoffnung, das Zittern in ihrer Stimme würde nicht verraten, wie erschrocken sie war.

Joey plapperte munter weiter, aber Piper hörte ihm kaum zu. Ihre Gedanken kehrten immer wieder zu dem Augenblick zurück, in dem die Zeit eigentlich hätte stehen bleiben müssen – es aber nicht getan hatte.

Sie konzentrierte sich mit aller Macht und versuchte es noch einmal. Doch nichts passierte. Joey redete unbeirrt weiter, und für einen kurzen Augenblick fühlte sich Piper wie in einem schlechten Traum.

Was geschieht mit mir? Was ist plötzlich mit meinen Kräften los?

15

Am Dienstagmorgen meldete Prue sich krank. Sie hatte leichte Gewissensbisse, als sie ihren Chef bei *Buckland's* anschwindelte, aber dann gelangte sie zu der Auffassung, dass der Verlust ihrer Kräfte in gewissem Sinne schon als Krankheit zu bezeichnen war. Vor allem aber blieb sie zu Hause, weil das Problem eine Einberufung des Familienrats notwendig machte.

Prue stellte ein Tablett mit drei Kaffeebechern auf den Tisch im Wohnzimmer und wartete dann ungeduldig, dass ihre Schwestern sich zu ihr setzten.

Ein paar Sekunden später trat Phoebe mit einer Schale Müsli und einem Schokoladen-Donut aus der Tür zur Küche. Piper folgte ihr, mit einer Schüssel Obstsalat, Löffeln und drei weiteren Schälchen in den Händen.

Piper warf einen skeptischen Blick auf Phoebes Teller. »Sind Müsli und ein Donut nicht irgendwie unvereinbar?«

»Kann sein.« Phoebe machte es sich auf der Couch bequem. Dann griff sie nach einem der Kaffeebecher, schnüffelte daran und verzog angewidert das Gesicht. »Igitt. Wie kann man einen solch schönen heißen Kaffee nur mit Sojamilch ruinieren?«

»In deiner Tasse ist Halbfettmilch«, informierte Prue ihre Schwester. »Und jetzt genug des Geredes über das Frühstück. Es gibt etwas, über das ich unbedingt mit euch reden muss.«

»Ähm … ich hätte da auch ein Thema, das ich gern zur Sprache bringen würde«, sagte Piper ernst.

Phoebe stöhnte auf. »Warum habe ich nur das Gefühl, dass dieses Treffen unter dem Motto ›Nichts als Ärger‹ steht … ›*großer* Ärger‹ um genau zu sein?«

»Weil es genau so ist«, entgegnete Prue. »Mir ist gestern etwas Seltsames passiert. Ich bin über die Straße gegangen, ohne auf den Verkehr zu achten, und plötzlich merkte ich, dass so ein Straßenpanzer direkt auf mich zu raste. Als ich versuchte, ihn mit meinen Kräften zu stoppen, kam er plötzlich umso schneller auf mich zu. Er hätte mich fast über den Haufen gefahren …«

»Du meine Güte«, fuhr Piper dazwischen. »Meine Kräfte haben gestern auch nicht funktioniert. Ich glaube, anstatt die *Zeit* einzufrieren, habe ich mich … selber eingefroren. Ich wäre beinahe von einem Regal mit schweren Konservendosen zermatscht worden.«

Phoebe blickte erschrocken in die Runde. »Und ich dachte, das würde nur mich betreffen«, sagte sie, »dass es ein verrückter Einzelfall gewesen wäre.«

Prue fühlte, wie sich ihr Magen verkrampfte. »Lass mich

raten«, sagte sie. »Du hattest eine Vision, die nicht eingetroffen ist?«

»Nicht ganz«, erklärte Phoebe. »Ich hatte gestern Abend tatsächlich eine Vision. Ich sah, wie Kenji im *dojo* angegriffen wurde.«

»Wer ist Kenji?«, fragte Prue.

Piper und Phoebe tauschten einen raschen Blick aus.

»Ein Mann. Ein Mann, den ich gern habe. Also, auf jeden Fall«, fuhr Phoebe fort, »rannte ich zurück in den *dojo*, aber Kenji wurde nicht angegriffen. Er war nicht einmal da. Und das Nächste, was ich weiß, ist, dass *ich* von dem Kerl aus meiner Vision mit einem Dolch überfallen wurde.«

»Was ist passiert?«, fragte Prue entsetzt. »Hat er dich verletzt?«

»Nein. Sensei Lopez kam Gott sei Dank rechtzeitig dazu, um mich zu retten. Andernfalls hätte das verdammt hässlich ausgehen können ...«

Piper schloss ihre Augen. »Hinter der ganzen Sache stehen zweifellos Hexer.«

»Ja, und wenigstens einer von ihnen läuft jetzt mit einem gebrochenen Arm herum«, sagte Phoebe nicht ohne Genugtuung.

»Wartet mal! Dahinter steckt ein Muster«, sagte Prue. »Nicht nur, dass unsere Kräfte nicht funktionieren, sie scheinen sich auch irgendwie ins Gegenteil verkehrt zu haben. Ich meine, sie verursachen das genaue Gegenteil von dem, was sie eigentlich erreichen sollten. Wir waren in den letzten drei Tagen zwar fast nie zusammen, aber trotzdem scheint es irgendetwas oder irgendjemand auf jede einzelne von uns abgesehen zu haben.«

»Als ob jemand einen Bann über uns verhängt hätte?« Phoebe pickte lustlos in ihrem Fruchtsalat herum.

»Vielleicht ist es an dem Abend passiert, an dem ihr beide im Club gewesen seid«, schlug Piper vor. »Denkt daran, ich habe irgendjemanden am Fenster gesehen.«

Prue schüttelte den Kopf. »Wir wissen immer noch nicht genau, ob wirklich jemand da war«, stellte sie klar. »Außerdem ist das schon eine Woche her. Dieses ... Versagen unserer Kräfte hat doch aber erst vor kurzem angefangen. Ich glaube, irgendjemand hat uns erst seit ein paar Tagen auf dem Kieker.«

»Ich glaube, ich weiß, wie das alles bei mir angefangen hat. Ich hatte da nämlich ein kleines Zusammentreffen mit ... einem Hexer«, platzte Piper heraus.

Während Piper von ihren Erlebnissen in dem Haus an der Colwood Street erzählte, hörte Prue mit einer Mischung aus Sorge und Ärger zu. »Wann ist das denn passiert?«, fragte sie, und ihr Ton klang dabei schärfer, als sie es eigentlich beabsichtigt hatte.

»Am Freitag«, antwortete Piper kleinlaut.

»Und wann wolltest du uns gnädigerweise davon erzählen?«, fragte Prue tadelnd. »Piper, du weißt doch, dass wir stets zusammenhalten und einander informieren müssen.«

Piper stellte sich ihrem Blick. »Natürlich weiß ich das«, sagte sie. »Ich habe es nur noch nicht erwähnt, weil ich wusste, dass du mir wieder eine Gardinenpredigt darüber halten würdest, dass ich als Mentor nicht geeignet bin. Aber Celeste braucht meine Hilfe, und zwar mehr als je zuvor.«

»Und wie willst du ihr helfen, wenn du nicht einmal deine Kräfte einsetzen kannst?«, fragte Prue sanft.

»Ich habe keine Ahnung.« Piper ließ sich resigniert zurück in die Couch fallen. »Aber bei allem, was ich bis jetzt weiß, ist Daria in irgendwelche finsteren, schwarzmagischen Geschichten verstrickt. Und sie hat Celeste bedroht. Ich möchte daher, dass Celeste ... ein Weilchen bei uns wohnt.«

»Du willst *was*?«, rief Prue erbost. »Piper, hast du den Verstand verloren? Ich weiß gar nicht, wie du auf eine so unglaublich schlechte Idee kommen konntest.«

»Prue hat Recht«, sagte Phoebe. »Wir alle werden gerade bedroht, wir können uns nicht darauf verlassen, dass unsere

Kräfte richtig funktionieren, und du möchtest, dass wir ein unschuldiges Kind bei uns aufnehmen, das wir so noch nicht einmal beschützen können?«

»Hört mal, ich weiß nicht, was wir sonst tun sollten«, gab Piper zu.

Prue wurde von Sekunde zu Sekunde nervöser. Nun stand sie auf und begann damit, im Wohnzimmer auf und ab zu gehen. »Okay«, sagte sie betont beherrscht. »Stellen wir die Entscheidung über Celeste erst einmal zurück. Zuerst müssen wir einen Weg finden, diese Situation unter Kontrolle zu bekommen, bevor sie uns kontrolliert.«

»Gute Idee«, stimmte Phoebe zu.

»Wir sollten zunächst herausfinden, wer uns angreift und was wir dagegen tun können«, fuhr Prue fort. »Wenn Daria sich auf schwarze Magie eingelassen hat, dann könnte sie vielleicht diejenige sein, die hinter allem steckt.«

»Könnte sie vielleicht einen Fluch über das Haus gelegt oder irgendetwas hier gelassen haben, als sie bei uns war?«, fragte Phoebe.

»Das könnte sein«, gab Piper zögernd zu. »Aber was könnte sie hier versteckt haben?«

Prue erinnerte sich an das Telefongespräch, das sie im *Vollmond* mitangehört hatte. Der Kunde, bei dem sich Adrienne geweigert hatte, ihm Zutaten für schwarzmagische Beschwörungen zu verkaufen. Er hatte Stahlnägel verlangt und … »Wie wäre es zum Beispiel mit Voodoo-Puppen? Habt ihr vielleicht so etwas in der Art gefunden?«

Piper stöhnte auf. »Ich habe eine in Darias Schublade im Center entdeckt«, gab sie zu. Sie dachte einen Augenblick lang nach. »Aber wir haben nichts Ähnliches hier im Haus gefunden.«

»Moment mal!« Phoebe setzte sich mit einem Ruck auf. »Gestern, kurz vor meiner falschen Vision, ist mir etwas in meinem Auto aufgefallen. Ein rotes Samtband mit einem Knoten in der Mitte. Ich dachte, es könnte vielleicht von Kenjis Rose stammen, aber als ich nach Hause kam, habe ich festgestellt, dass dem nicht so war.«

Prue fühlte, wie eine eisige Hand nach ihr griff. »Ich habe auch ein rotes Samtband gefunden«, sagte sie langsam. »Kurz bevor ich fast von diesem Stadtpanzer plattgewalzt worden bin. Nur dass meins in einer Tasche zusammen mit Dingen war, die ich im *Vollmond* gekauft hatte.«

Piper seufzte. »Meins war in meinem Portemonnaie. Ich habe es ein paar Minuten vor der Konservendosen-Lawine gefunden.«

Prue versuchte, diese neuen Informationen in einen logischen Zusammenhang zu bringen, aber sie passten einfach nicht zusammen. Daria kann doch unmöglich etwas in die Tasche aus dem Wicca-Laden geschmuggelt haben. Und woher soll sie wissen, wie Phoebes Auto aussah? Nein, da muss jemand anderes dahinter stecken.

Piper fuhr sich mit den Fingern durch ihr langes, dunkles Haar. »Vielleicht hat Daria ja tatsächlich etwas damit zu tun«, überlegte sie. Aber dieses Haus triefte nur so vor schwarzer Magie. Ich werde das Gefühl nicht los, dass wir es hier mit etwas viel Gefährlicherem zu tun haben als mit einem sechzehnjährigen Problemkind.«

»Das sehe ich auch so«, sagte Prue. »Also warum fangen wir nicht mit dem an, was wir haben?«

»Was haben wir denn?«, hakte Phoebe nach.

»Diese unheimlichen roten Bänder«, sagte Prue. »Hat eine von euch beiden noch eins?«

Piper zuckte mit den Achseln. »Ich hab meines gleich weggeworfen, nachdem ich es gefunden hatte.«

»Ich habe danach gesucht, als ich nach dem Beinahe-Unfall zu meinem Auto zurückgegangen bin«, sagte Phoebe. »Aber es war weg.«

»Meins ist auch verschwunden«, ergänzte Prue. »Ich glaube, ich habe es fallen gelassen, als mein Angreifer über mich hergefallen ist.« Sie machte eine kurze Pause. »Ich glaube, es wird höchste Zeit, dass wir das *Buch der Schatten* zu Rate ziehen. Vielleicht steht dort ja etwas über rote Samtbänder oder umgedrehte Kräfte.«

»Ich werde es holen«, bot Phoebe an und machte sich auf den Weg zum Dachboden.

Prue wandte sich zu Piper um. Ihr Gesicht war aschfahl. Es ist nur Pipers Gutherzigkeit, die uns diesen Schlamassel eingebrockt hat, erinnerte sie sich. Ich sollte nicht so hart mit ihr sein. »Bist du in Ordnung?«, fragte sie.

Piper nagte an ihrer Unterlippe. »Es tut mir Leid«, sagte sie mit zitternder Stimme. »Du und Phoebe, ihr hattet Recht. Es war einfach verrückt von mir, zu glauben, ich könnte für jemanden den Beschützer spielen wie ein ganz normaler Mensch. Und jetzt stecken wir tief in der Tinte, und ich kann Celeste nicht einfach im Stich lassen.«

»Ich weiß.« Prue setzte sich neben Piper auf die Couch und nahm sie in den Arm. »Ich weiß.«

Phoebe kam mit dem *Buch der Schatten* die Treppe herunter. Sie legte den schweren Folianten auf den Tisch und runzelte die Stirn, während sie blätterte. »Also, ich sehe hier Zaubersprüche über Knöpfe, Haarsträhnen, Kristalle, Handschuhe, Siegelwachs ... aber nichts über Samtbänder.« Sie warf ihren Schwestern einen resignierten Blick zu. »Wünscht ihr euch nicht auch manchmal, dieses verdammte Ding hätte ein Register?«

»Oder wenigstens ein Inhaltsverzeichnis«, stimmte Piper zu. »Selbst Kapitelüberschriften wären schon hilfreich.«

»Soll ich es mal versuchen?«, fragte Prue. Sie neigte im Großen und Ganzen zwar nicht zu philosophischen Gedanken, aber in letzter Zeit kam ihr das Buch immer häufiger wie etwas Lebendiges vor, etwas mit einem eigenen Willen und einer ganz eigenen Macht. Manchmal spielte es gewissermaßen mit und öffnete sich exakt an der Stelle, die man gerade brauchte. Und dann wieder verbrachte man Stunden damit, einen handgeschriebenen Zauberspruch zu entziffern, bis man schließlich merkte, dass man überhaupt nichts damit anfangen konnte. Auf seine ganz eigene Weise, das wusste Prue instinktiv, war das Buch ein Lehrer. Und für jede der drei Halliwell-Schwestern hielt es ganz bestimmte Lektionen parat.

»Gern, versuch dein Glück«, sagte Phoebe und übergab ihr den schweren, in Leder gebundenen Wälzer.

Prue setzte sich aufrecht hin, das aufgeschlagene Buch auf dem Schoß. Sie schloss ihre Augen und versuchte, sich das Samtband vorzustellen. Es war etwa fünf Zentimeter lang und einen Zentimeter breit. Und in der Mitte war es sehr sorgfältig geknotet worden.

Sie öffnete wieder die Augen und bat das Buch schweigend, ihnen zu helfen. Ein Windhauch ging durch das Zimmer, und die Seiten des Buches begannen sich von selbst umzublättern. Die Brise wurde stärker, und die Seiten huschten schneller und schneller vorbei.

Prue hielt den Atem an, als sich der Luftzug ebenso schnell wieder legte, wie er aufgekommen war. Das Buch war nun an einer Stelle aufgeschlagen, wo eine große Gestalt in einer Robe abgebildet war, um deren Hüfte ein ritueller Dolch – ein *athame* – gebunden war. »Der Hexenkreis der Neuen Sonne«, las sie laut vor.

Phoebes Augenbrauen hoben sich vor Überraschung. »Das hört sich aber überhaupt nicht düster an. Könnte das vielleicht ein *guter* Hexenkreis sein?«

Prue las noch etwas weiter. »Nein. Offensichtlich bezieht sich der Ausdruck ›Neue Sonne‹ auf eine Kraftquelle, die sie anbeten. Leider steht nicht dabei, um was für eine Kraftquelle es sich handelt, aber die Anhänger dieses Kreises gehören ganz sicher *nicht* zu den Guten.« Prue überprüfte das Datum auf der Seite. »Im Jahre 1888 haben sie versucht, unsere Vorfahren zu vernichten. Ich glaube nicht, dass sich seitdem viel verändert hat.«

»Steht da auch etwas über die roten Bänder?«, fragte Piper.

»Hier«, rief Prue aufgeregt und deutete auf eine winzige Illustration am unteren Seitenrand. »Diese Bänder sind eine Art magischer Talisman. Sie dienen quasi als Visitenkarten des Kreises und aktivieren gleichzeitig den Zauber, den diese Hexer über jemanden verhängt haben.«

»Visitenkarten«, murmelte Piper. »Tja, wenigstens wissen sie, was sich gehört.«

Prues Augen verengten sich. »Visitenkarten waren um die Jahrhundertwende sehr beliebt. Ein viktorianischer Brauch und ein Akt sozialer Höflichkeit in der Oberklasse. Man schickte seinen Diener, um die eigene Visitenkarte zustellen zu lassen, bevor man diese Person dann persönlich aufsuchte.«

»Das heißt also, wir müssen ... mit Besuch rechnen?«, fragte Phoebe besorgt.

»Das wäre denkbar«, erwiderte Prue. »Wir sollten einen Schutzzauber aussprechen, aber pronto!«

Piper klang frustriert. »Aber jetzt, wo unsere Kräfte nicht mehr richtig funktionieren, könnte das ziemlich danebengehen. Was, wenn der Schuss nach hinten losgeht – so wie gestern, als wir versucht haben, unsere Kräfte einzusetzen?«

»Wir müssen es versuchen«, entschied Prue. Sie blätterte im Buch auf der Suche nach einem Schutzzauber, den sie vorhin gesehen hatte. »Hier ist es!«, rief sie. »Wir brauchen Salbei, Salz, eine Schale, um den Salbei zu verbrennen, Schwarzwurzel, Scharfgarbe, weiße Kerze und ein paar Zutaten, die ich im *Vollmond* gekauft habe«, sagte sie. »Ich werde sie holen.«

»Ich kümmere mich um die weiße Kerze und die Schale«, meinte Phoebe. »Und natürlich um die Streichhölzer.«

»Dann bleiben für mich also noch Salbei, Salz, Schafgarbe und Schwarzwurzel«, sagte Piper und machte sich schon auf den Weg zur Küche.

Fünf Minuten später legten die Schwestern die Zutaten für den Zauber auf den Tisch. Phoebe schüttete etwas von dem getrockneten Salbei in die Schale, zündete es an und löschte die Flamme sofort wieder, damit der Salbei begann zu rauchen. Als sein Geruch das Haus erfüllte, zündete Piper die Kerze an.

Prue hielt eine Prise Salz zwischen ihren Fingerspitzen und schloss die Augen, fest darauf konzentriert, die Energie des Hauses zu reinigen.

Dann öffnete sie ihre Augen wieder. Sie waren bereit, anzufangen.

Sie fuhr mit ihrer Hand durch den Rauch des Salbeis und griff dann nach der Schwarzwurzel.

»Oh, ihr Mächte aus dem Himmelszelt, ihr Kräfte aus der Unterwelt ... Wer ist das?«, fragte sie mitten im Zauberspruch.

Ihre Schwestern wirbelten herum. Ein gut aussehender junger Mann spähte durch das Wohnzimmerfenster.

»Oh, mein Gott«, murmelte Phoebe. »Das ist Kenji!«

Mit einem grimmigen Gesichtsausdruck hob Kenji eine Hand.

»Winkt er mir zu?«, fragte sich Phoebe laut.

»Ich wusste gleich, wir hätten den Zauber auf dem Dachboden durchführen sollen!«, knurrte Piper.

»Jetzt ist es zu spät«, sagte Prue. »Phoebe, geh zu ihm und erzähle ihm, dass wir ... für ein Theaterstück proben oder so etwas.«

»In Ordnung!« Phoebe stürmte zur Tür.

Prue tauschte einen schnellen Blick mit Piper aus. »Das hat ja nicht besonders gut geklappt.«

»Das hat überhaupt nicht geklappt«, stimmte Piper zu.

Plötzlich klingelte das Telefon. »Lass den Anrufbeantworter drangehen«, sagte Prue. »Sobald Phoebe zurückkommt, werden wir den Zauber noch einmal versuchen – und zwar auf dem Dachboden.«

Piper raffte die Zutaten zusammen. Sie hielt inne, als sie die angsterfüllte Stimme auf dem Anrufbeantworter hörte.

»Piper, ich bin es. Daria ist jetzt völlig durchgedreht. Letzte Nacht, als ich im Speisesaal übernachtete, hat sie meine Bettlaken zerfetzt. Bitte! Du musst mir helfen!«

16

WIE VON EINER TARANTEL gestochen rannte Piper zum Telefon und riss den Hörer hoch. »Hallo? Celeste …?« Sie gab ein enttäuschtes Knurren von sich und legte wieder auf. »Zu spät«, murmelte sie und wandte sich wieder zu Prue.

Prue seufzte. »Du möchtest jetzt gerne zu ihr, nicht wahr?«

»Ich muss«, sagte Piper.

»Ich weiß, dass du Celeste beschützen willst«, sagte Prue langsam. »Aber vielleicht würde es mehr Sinn machen, das Übel an der Wurzel zu packen.«

»Wie meinst du das?«, fragte Piper etwas verwirrt.

»Ich meine, können die Leute, die das *Sunshine-Center* leiten, nicht etwas gegen Daria unternehmen?«

»Das sollte man meinen«, entgegnete Piper. »Ich habe Mr. Morgan, den Direktor, gestern angerufen und ihm erzählt, was mit Daria los ist. Er sagte, er würde sie im Auge behalten, aber er scheint offensichtlich nichts gegen sie zu unternehmen. Celeste sollte nicht zwei Nächte lang im Speisesaal übernachten müssen.«

»Allerdings.« Prue rieb sich mit der Hand über die Stirn. Piper konnte sehen, wie sie sich die ganze Situation durch den Kopf gehen ließ. Sie wollte nicht, dass Celeste weiter in Gefahr schwebte, aber sie wollte sie auch nicht hier im Haus haben. »Wie wäre es denn, wenn wir Celeste für ein paar Nächte in einem Hotel einquartieren würden?«, schlug sie vor.

»In San Francisco?«, fragte Piper. »Hast du vielleicht eine Erbschaft gemacht, von der du mir nichts erzählt hast?«

»Dann werden wir ihr eben ein billiges Motel suchen«, entgegnete Prue.

»Nein, Prue! Nichts da!«, zischte Piper.

Prues Augen weiteten sich vor Schreck über Pipers heftige Reaktion. Gut, dachte Piper. Vielleicht merkt sie ja jetzt, wie wichtig mir die ganze Sache ist.

»Celeste ist ganz allein, und sie hat Todesangst«, sagte sie mit vor Wut zitternder Stimme. »Das Letzte, was ich tun werde, ist, sie irgendwohin abzuschieben, wo sie *noch* einsamer und verängstigter sein wird. Und ich werde nicht zulassen, dass sie im Center bleibt und Daria ihr etwas antut.«

Piper holte tief Luft. »Ich weiß keine andere Möglichkeit. Ich muss sie da herausholen und irgendwo hinbringen, wo sie in Sicherheit ist. Und der einzige Ort, der mir einfällt, ist unser Haus!«

»Aber du solltest dir darüber im Klaren sein, dass unser Haus für Celeste ebenso gefährlich sein kann. Vielleicht sogar noch gefährlicher. Zumindest, bis wir uns diese Hexenschar vom Leib geschafft haben.« Prue versuchte noch ein letztes Mal, ihr die Risiken vor Augen zu führen.

»Ich weiß«, sagte Piper. »Aber hier können *wir* wenigsten versuchen, sie zu beschützen.«

»Wir können es versuchen«, stimmte Prue schweren Herzens zu.

Piper umarmte sie kurz. »Ich ziehe dann los«, erklärte sie. »Ich komme so schnell wie möglich mit Celeste zurück.«

»Ich kann's kaum erwarten«, murmelte Prue.

Phoebe kam wieder ins Wohnzimmer zurück und ließ sich mit einem niedergeschlagenen Gesichtsausdruck auf die Couch fallen.

»Dein Liebesgeflüster mit Kenji scheint wohl nicht so gut gelaufen zu sein?«, argwöhnte Prue.

»Wir hatten gar keins«, sagte Phoebe zerknirscht. »Als ich zur Tür herauskam, hat er sich wie ein geölter Blitz aus dem Staub gemacht. Ich habe ihm noch hinterhergerufen, aber er ist einfach weitergelaufen. Ich konnte ihn auch nicht mehr einholen. Dabei bin ich sicher, dass er mich gehört hat. Warum ist er nicht stehen geblieben?«

Prue hatte das furchtbare Gefühl, dass sie die Antwort wusste. »Phoebe«, begann sie sanft, »was glaubst du, warum er durch unser Fenster gestarrt hat?«

»Hey, er ist ganz bestimmt kein Spanner«, antwortete Phoebe entrüstet. »Ich würde es ja wohl merken, wenn ich mit einem Perversen ausginge.«

»Und wie sieht es mit dem Mitglied eines Hexenkreises aus?«

Phoebe schloss ihre Augen, und Prue konnte sehen, wie die Farbe aus dem Gesicht ihrer Schwester wich. »Ich kann mir nicht vorstellen, dass Kenji irgendetwas tun würde, um mir zu schaden.«

»Gestern, im *dojo* – weißt du ganz sicher, dass dein Angreifer nicht Kenji war?«, fragte Prue.

»Ganz sicher!«, gab Phoebe spitz zurück. »Der Sensei hat diesem Typen den Arm gebrochen. Ich habe Kenji gerade gesehen, und er war in Ordnung.«

»Aber warum hat er dann in unser Wohnzimmer gestarrt? Und warum sollte er vor dir weglaufen?«

»Keine Ahnung.« Phoebe sah furchtbar aus. »Weil ich irgendetwas falsch gemacht habe?« Sie schlug mit der Faust in ein Kissen. »Ich war sicher, dass es diesmal etwas Ernstes sein würde, Prue. Ich habe es extra langsam angehen lassen, um nichts zu verderben.«

Prue musste mühsam ein Lächeln unterdrücken. Wenn Phoebe eine Beziehung langsam anging, dann musste dieser Kenji, wenn er sich darauf eingelassen hatte, wirklich etwas Besonderes gewesen sein. Sie legte ihrer Schwester eine Hand auf die Schulter. »Keine Sorge. Du kommst schon wieder darüber hinweg, Phoebe.«

Phoebe schenkte ihr ein ironisches Lächeln. »Ja, klar. Manchmal verliert man, und manchmal gewinnen eben die anderen.«

Prue begann wieder, im Wohnzimmer auf und ab zu gehen. »Wir müssen irgendetwas tun. Wir müssen uns gegen diesen Hexenkreis der Neuen Sonne schützen.«

Phoebe nickte. »Lass uns auf den Dachboden gehen und diesen Schutzzauber noch einmal versuchen. Wo steckt Piper?«

»Sie hilft Celeste packen, damit sie bei uns einziehen kann«, antwortete Prue.

»Was?«, kreischte Phoebe auf.

»Ich habe mit ihr darüber geredet«, erklärte Prue. »Ich glaube nicht, dass uns eine andere Wahl bleibt.« Sie blickte auf das grüne Seidenkissen auf der Couch und feuerte einen kleinen Kraftstoß darauf ab – gerade so stark, um es ans andere Ende der Couch zu befördern.

Doch das Kissen wurde genau in ihre Magengrube katapultiert.

»Uff!« Phoebe stöhnte auf. »*Das* war nicht so ganz im Sinne des Erfinders!«

»Nein.« Prue musste gegen ein Gefühl aufkommender Furcht ankämpfen. »Ich glaube, wir sollten diesen Schutzzauber besser ausfallen lassen«, sagte sie. »Wahrscheinlich würde er nur einen Atomangriff heraufbeschwören.«

»Was sollen wir jetzt tun?« Phoebe schien ratlos. »Wen ruft man an, wenn die eigenen Hexenkräfte nach hinten losgehen?«

»Wie wäre es mit einer anderen weißen Hexe?«, überlegte Prue.

Prue nickte. »Was ist mit Adrienne, der Frau aus dem Wicca-Laden. Sie verfügt auch über angeborene Kräfte – genau wie wir und ...«

»Prue ...«, setzte Phoebe an.

»Hör zu, ich weiß, dass es ein Risiko ist, irgendjemandem von uns zu erzählen, aber wir schweben hier wirklich in Gefahr. Außerdem ist Adrienne eine entschiedene Gegnerin jeder Art von schwarzer Magie. Sie tut ihr Bestes, um sie zu bekämpfen – genau wie wir. Und ... ich vertraue ihr.«

Phoebe zuckte mit den Schultern. »Gut, dann ruf sie an.«

Prue nahm den Hörer und wählte die Nummer des Ladens. Als sie Adriennes Gruß hörte, fühlte sie sich gleich besser.

»Sei gesegnet.«

»Adrienne, hier ist Prue. Meine Schwestern und ich stecken in Schwierigkeiten. Wir brauchen dringend jemanden mit deiner magischen Erfahrung, der uns einen Rat geben kann.«

»Wo liegt denn das Problem?«

»Ich kann das am Telefon nicht erklären«, wich Prue aus. »Ich muss es dir zeigen. Können Phoebe und ich vorbeikommen – vielleicht jetzt sofort?«

Adrienne zögerte einen Augenblick. »Ja, kommt nur. Ich bin sicher, dass ich euch helfen kann. Aber ihr müsst euch beeilen!«

»Wir sind schon unterwegs«, sagte Prue.

Prue und Phoebe eilten die kleine Straße hinunter, die zum *Vollmond* führte. Sie hatten nicht lange gebraucht, um zur 24. Straße zu gelangen, aber dann hatten sie wertvolle fünf Minuten damit verschwenden müssen, einen Parkplatz zu finden.

»Hier lang«, rief Prue ihrer Schwester zu. Sie stiegen die drei Stufen in den Laden hinab und öffneten die Tür.

»Ähmmm – Prue? Es ist ziemlich dunkel hier drinnen«, bemerkte Phoebe.

Prue sah sich im Laden um. Phoebe hat Recht. Es ist wirklich ungewöhnlich düster hier, und Adrienne ist auch nirgends zu sehen. »Vielleicht hat es ein Problem mit der Beleuchtung gegeben«, meinte Prue. Aber auch ihre Beunruhigung wollte sich nicht legen. Alles war da, wo es sein sollte, und trotzdem fühlte sich die Umgebung irgendwie … falsch an. Selbst die Luft war anders als sonst – erstickend und bedrohlich.

»Adrienne?«, rief Prue zaghaft. »Bist du hier?«

Adrienne antwortete nicht, aber Prue hörte ein gedämpftes, unbestimmbares Geräusch, das hinter einer Tür am entfernten Ende des Ladens ertönte. Prues Herz begann schneller zu schlagen. Sie und Phoebe tauschten angstvolle Blicke.

»Wohin führt diese Tür?«, fragte Phoebe flüsternd.

»Ich weiß es nicht«, antwortete Phoebe ebenso leise.

»Ich denke, wir sollten es herausfinden«, sagte Phoebe.

Die beiden Schwestern schlichen durch den Laden. Phoebe nahm sich einen der rituellen Dolche aus einem der Regale.

»Was willst du denn damit?«, wisperte Prue.

»Es kann nichts schaden, auf alles vorbereitet zu sein«, flüsterte Phoebe zurück.

Prue wurde klar, dass ihre Schwester damit nicht Unrecht hatte, und griff sich ebenfalls einen *athame*, obwohl sie sich dadurch auch nicht viel besser fühlte. Dolche waren einfach nicht ihr Stil.

Plötzlich ertönten erneut Geräusche hinter der Tür. Fand dahinter etwa ein Kampf statt? Prue fühlte, wie die Angst mit eiskalten Fingern ihr Herz umklammerte. Wenn Adrienne in Gefahr schwebt, wie sollen wie ihr dann helfen – ohne unsere Kräfte?

Beherzt stieß Phoebe die Tür auf.

Prue musste schlucken, als sie sah, was sich dahinter verbarg. Adrienne lag zappelnd auf dem Rücken, ihre Arme weit gespreizt und am Boden festgebunden, die Knöchel ebenfalls fest verschnürt. Nackte Panik ergriff von Prue Besitz, als sie sah, dass Adrienne nicht etwa mit Seilen gefesselt war, sondern mit Strängen aus glühend grünem Licht.

»Adrienne!«, schrie Prue.

»Ah, die Zauberhaften«, knurrte eine Stimme.

Zwei Gestalten in dunklen Roben traten aus dem Schatten. Ihre Gesichter waren von Kapuzen bedeckt, aber Prue erkannte die falsch herum getragenen Pentagramme, die sie um den Hals trugen und die *athame*-Dolche, die an ihren Hüften hingen.

Sie hatte diese Leute schon im *Buch der Schatten* gesehen. Es gab keinen Zweifel mehr, dass sie und Phoebe es hier mit zwei Anhängern der Hexen der Neuen Sonne zu tun hatten.

Die Gestalt, die Prue am nächsten stand, begann zu sprechen. »Wir haben gehofft, dass ihr hier auftauchen würdet. Aber da fehlt noch jemand. Wo ist die dritte Schwester?«

»Sagt ihnen nichts!«, schrie Adrienne.

»Du hast immer noch nichts dazugelernt, was?« Der kleinere Hexer machte eine scharrende Bewegung über Adriennes Brust. Die junge Frau schrie auf, und Streifen aus dunkelrotem Blut quollen durch ihr hellgelbes Kleid – als ob darunter eine Krallenhand ihre Haut aufgerissen hätte.

Prue schüttelte ihren ersten Schrecken ab. Normalerweise würde sie diese Kreaturen einfach bis in die Bucht schleudern. Aber heute, da ihre Kraft sich ins genaue Gegenteil verkehrte, sah sie von einem solchen Versuch lieber ab. Wegzulaufen war auch keine Lösung, vor allem, da sie Adrienne nicht einfach im Stich lassen konnte. Sie und Phoebe mussten sich etwas einfallen lassen – und zwar schnell.

Prue machte einen Schritt nach vorn, in der Hoffnung, die Situation mit einem Bluff für sich zu entscheiden. »Ihr habt gehofft, dass wir hier auftauchen?«, fragte sie herausfordernd. »Wie schmeichelhaft. Und wir würden ja auch gern ein Pläuschchen mit euch abhalten, aber zuerst«, sie deutete auf Adrienne, »lasst ihr sie gehen.«

»Ich fürchte, das wird leider nicht möglich sein«, antwortete der größere der beiden Hexer. »Sie hat uns verraten. Sie hat den Tod verdient.«

»Verraten?«, wiederholte Prue verständnislos. Was meinte er nur damit?

Der Hexer zeichnete mit dem Finger einen Kreis in die Luft und eine Schlinge aus glühendem grünen Licht tauchte aus dem Nichts auf. Sie legte sich um Adriennes Hals. Prue sah, wie sich das Gesicht ihrer Freundin vor Entsetzen verzerrte.

Der Hexer schloss seine Faust wie um ein unsichtbares Seil und vollführte dann eine scharfe, ruckartige Bewegung. Unter ihm zog sich die grüne Lichtschlinge um Adriennes Kehle fester zu.

Adrienne gab ein ersticktes Geräusch von sich, und ihr Gesicht verfärbte sich zu einem entsetzlichen Violett.

»Hör auf damit!«, schrie Phoebe.

Prue griff nach einer Box mit polierten Kristallkugeln, die im Regal hinter ihr gestanden hatte, und warf sie mit voller Wucht in Richtung der Hexer. Phoebe tat es ihr gleich und schleuderte zwei Kohlenbecken hinterher.

Prue duckte sich und beugte sich zu Adrienne hinunter. Sie versuchte, die grüne Lichtschlinge mit dem Dolch, den sie aus dem Laden mitgenommen hatte, zu zertrennen. Aber das zeremonielle Messer glitt ohne Widerstand hindurch.

Prue versuchte fieberhaft, sich an einen Entfesselungszauber zu erinnern. Sie hatte ihren Mund schon geöffnet, als sie sich besann und innehielt. Ihr war eingefallen, was das letzte Mal passiert war, als sie versucht hatte, ihre Kräfte einzusetzen. Sie musste etwas anderes probieren – und sie betete, dass es funktionieren würde.

»Ihr Seile sollt euch fester binden – euch unauflösbar um sie winden«, flüsterte sie über Adrienne.

In Sekundenschnelle lösten sich die grünen Lichtseile auf. Ihr Zauberspruch hatte demnach exakt die umgekehrte Wirkung gehabt, so, wie sie es beabsichtig hatte. »Kannst du laufen, wenn wir sie solange beschäftigen?«, fragte sie Adrienne. Sie riskierte einen kurzen Blick nach oben. Phoebe hielt die beiden Hexer mit einem Brecheisen in Schach.

Unter heftigen, stoßweisen Atemzügen nickte Adrienne. Prue half ihr auf. »Lauf!«, drängte sie.

Adrienne stolperte auf die Tür zu, und Prue stellte sich ihren Angreifern. Der größere der beiden Hexer lag am Boden; ihre Schwester musste ihn erwischt haben. Doch jetzt rangen Phoebe und der kleinere Hexer um das Brecheisen – und Phoebe verlor den Kampf.

Ich brauche einen weiteren verkehrt herum wirkenden Zauber, dachte Phoebe fieberhaft. »Lös die Fesseln dieser beiden –«

In diesem Moment sprang der größere Hexer auf die Beine und stürmte mit gezogenem Dolch auf Phoebe los.

»Nein!«, schrie Prue und schickte instinktiv einen magischen Energiestoß, um den Angreifer von ihrer Schwester fortzuschleudern. Im selben Augenblick erkannte sie, was für einen furchtbaren Fehler sie gemacht hatte. Ihre telekinetische Kraft hatte ja die umgekehrte Wirkung! Und so hatte sie den Hexer mit solcher Wucht auf Phoebe zugeschleudert, dass es beide zu Boden gerissen hatte und der Mann jetzt auf ihrer Schwester lag.

Ein kräftiger Arm legte sich um Prues Kehle. »Du bist nicht nur schön, du bist auch sehr hilfreich«, spottete der kleinere Hexer und drückte ihr die Spitze des Dolches an die Kehle. Prue drehte ihren Kopf fort von seinem faulig stinkenden Atem und versuchte, gegen die aufsteigenden Tränen anzukämpfen. Nicht nur, dass sie ihrer Schwester nicht helfen konnte, sie hatte auch noch dafür gesorgt, dass sie beide in die Gewalt der Hexer gelangt waren.

17

*P*IPER, WO WARST du denn so lange?«, fragte Celeste ängstlich, als die Freundin endlich vor ihr stand. »Ich dachte schon, du hättest es dir anders überlegt.«

Piper schüttelte den Kopf. »Niemals. Ich habe die letzte halbe Stunde damit zugebracht, auf Mr. Morgan zu warten, um alle Formalitäten mit ihm zu klären, aber er ist nicht aufgetaucht. Ich habe ihm eine Nachricht hinterlassen.«

Ein kleines Lächeln huschte über Celestes Gesicht. »Heißt das, ich kann mit dir gehen?«

»Tja, wir werden wahrscheinlich noch einmal zurückkommen müssen, um mit Mr. Morgan zu reden und alles zu …«

»Besprechen«, ergänzte Celeste. »Morgan ist ganz groß im Besprechen.«

»Ja, aber du kannst jetzt ganz bestimmt mit mir kommen«, lächelte Piper sie an.

In Celestes Augen blitzte wieder das ängstliche Misstrauen auf. »Sind deine Schwestern auch damit einverstanden?«

»Prue weiß davon und hat Verständnis dafür. Ich hatte noch keine Gelegenheit, mit Phoebe zu sprechen, aber sie ist ein echter Schatz. Sie wird bestimmt nichts dagegen haben.«

»Vielen Dank, Piper«, sagte Celeste.

»Gern geschehen. Hast du schon gepackt? Können wir gehen?«

»Nein.« Celeste starrte zu Boden.

»Warum denn nicht?«

»Ich dachte, wenn ich vielleicht voreilig meine Tasche packe ... dann würde vielleicht nichts daraus werden«, murmelte sie schüchtern.

»Du hattest Angst, dass ich dich enttäuschen würde«, sagte Piper traurig, und der Anblick des Mädchens gab ihrem Herzen einen Stich. Sie würde sehr behutsam mit ihr umgehen müssen, erkannte sie. Unter der Coolness des mit allen Wassern gewaschenen Straßenkindes steckte ein sehr verwundbares Mädchen.

Piper berührte Celestes Arm und wusste nicht, ob das zu viel oder zu wenig körperliche Nähe war. »Hey, schon okay«, sagte sie. »Du kennst mich ja auch noch nicht besonders lange. Du hattest völlig Recht, vorsichtig zu sein. Aber jetzt bin ich hier, und du wirst bei uns einziehen. Also packen wir dein Zeug zusammen. Abgemacht?«

»Abgemacht!« Celeste öffnete den Schrank und zog einen abgenutzten Koffer und ihre Jacke heraus.

»Kann ich dir helfen?«, fragte Piper und öffnete eine Schrankschublade. Sie wollte nicht zu lange von zu Hause fortbleiben. Rasch zog sie einen kleinen Stapel T-Shirts hervor – und erstarrte voller Überraschung. »Celeste.« Sie versuchte, mit ruhiger Stimme zu sprechen. »Weißt du, was das hier ist?«

»Was denn?«

Piper merkte, dass sie das kleine Häufchen mit den roten Bändern nicht einmal berühren wollte. Jedes einzelne war in der Mitte fein säuberlich verknotet – genauso wie die, die sie und ihre Schwestern erhalten hatten.

Celeste warf einen Blick in die Schublade. »Wo kommen die denn her?«

»Du weißt es nicht?«

Celeste schüttelte den Kopf. »Die habe ich noch nie zuvor gesehen. Sie müssen Daria gehören.«

Piper ließ sich auf das untere Etagenbett fallen. Ihr früherer Verdacht hatte sich bestätigt. Daria gehörte definitiv zur Hexenschar der Neuen Sonne. Diese Bänder waren der Beweis.

Pipers Gedanken kehrten zu dem Tag zurück, an dem sie Daria auf den Stufen zum Speicher erwischt hatte. Vielleicht war das Mädchen ja doch auf dem Dachboden gewesen. Vielleicht hatte sie sogar das *Buch der Schatten* manipuliert und so ihre Kräfte umgekehrt.

Piper schlug entsetzt die Hände vors Gesicht. Wie hatte sie nur eine Hexerin in ihr Haus einladen können? Wenn Phoebe oder Prue irgendetwas zustoßen sollte, dann war dies allein ihre Schuld!

18

»PIPER, BIST DU OKAY?« Celeste trat neben sie und blickte sie besorgt an.

»Mir geht es gut.« Piper erhob sich vom Bett. »Aber ich muss sofort nach Hause und mit meinen Schwestern reden.«

»Über mich?«

»Nein, über Daria. Hast du fertig gepackt?«

Celeste nickte. »Ich bin so weit, wenn du es bist. Verschwinden wir von hier.«

Auf dem Rückweg zum Haus der Halliwells schien sich der Verkehr nur im Schneckentempo fortzubewegen. Piper verfluchte jede rote Ampel und jedes einzelne Stoppschild. Hat das Straßenbauamt denn heute auf jeder Straße dieser Stadt eine neue Baustelle aufgemacht?

»Piper?« Celestes Stimme riss sie aus ihren stillen Verwünschungen. »Warum musst du mit deinen Schwestern über Daria reden? Willst du, dass auch sie bei euch einzieht?«

Diese Frage hätte Piper fast dazu gebracht, gegen einen Bordstein zu fahren. »Nein!«, sagte sie eine Spur zu laut. Sie holte tief Luft. »Celeste, du weißt doch, dass mit Daria irgendetwas Seltsames passiert ist. Na ja, diese roten Bändchen, die ich in deiner Schublade gefunden habe – sie werden für … einen schwarzmagischen Zauber benutzt.«

»Woher weißt du das?«, fragte Celeste.

»Meine Mitbewohnerin im College hatte sich mit den schwarzen Künsten beschäftigt«, log Piper. »Das ist auch ein Grund dafür, dass ich mir wegen Daria solche Sorgen mache. Ich habe gesehen, was so etwas aus einer guten Freundin machen kann.«

»Was ist denn mit ihr passiert? Hat sie sich etwa in einen Dämon verwandelt?« Celeste kicherte.

Piper beschloss, diese Bemerkung zu überhören. Es war dumm, sich eine solche Lügengeschichte auszudenken, wenn es dabei um einen wahren Kern ging – und dieses Mädchen hatte das Recht, davon zu erfahren. »Phoebe, Prue und ich haben gestern alle ein solches Samtband gefunden. Meins steckte in meiner Handtasche. Irgendjemand muss es dort hingeschmuggelt haben.«

»Na ja … das ist ja schon seltsam. Aber warum flippst du deswegen gleich so aus?«

Piper wusste, dass sie ihre Worte jetzt sehr vorsichtig wählen musste. »Soweit ich mich in der schwarzen Magie auskenne, sind diese Bänder eine Art Visitenkarte. Eine Art Ankündigung, dass jemand hinter dir her ist.«

»Das ist doch albern. Warum sollte Daria denn hinter dir und deinen Schwestern her sein?«

»Das weiß ich noch nicht genau. Und außerdem bin ich auch gar nicht so sicher, dass Daria die Einzige ist, die es auf uns abgesehen hat.« Sie machte eine kurze Pause. »Celeste, ich möchte, dass du weißt, dass du bei uns zu Hause vielleicht auch nicht sicherer bist als im Center.«

Celeste blickte schweigend aus dem Fenster.

»Celeste, hast du mich verstanden?«

Piper hielt vor der nächsten roten Ampel an, und das Mädchen blickte ihr ins Gesicht. »Ich habe dich verstanden. Und ich sage dir ganz ehrlich, dass Daria mir eine Höllenangst macht. Aber ich bin lieber mit dir bei euch zu Hause, als dass ich mir mit ihr ein Zimmer im Center teilen muss.«

»Okay«, sagte Piper. Ich habe es ihr nicht gerade leichter gemacht, aber wenigstens weiß Celeste jetzt, dass sie immer noch auf der Hut sein muss – dass das Haus der Halliwells längst nicht der sichere Unterschlupf ist, als den ich es so gerne angesehen habe.

Endlich fuhr Piper vor dem Haus vor. Sie griff nach Celestes Koffer, hastete die Stufen hinauf und schloss die Haustür auf. »Ist jemand zu Hause?«, rief sie. Sie trat in den Flur – die Nachmittagssonne tauchte den polierten Parkettboden in sanftes Licht. »Prue? Phoebe?«

Celeste folgte ihr. »Ich hatte schon wieder ganz vergessen, wie groß dieses Haus ist«, staunte sie.

»Mh-mmh«, murmelte Piper. Sie wusste nicht genau, warum, aber die Tatsache, dass Prue und Phoebe nicht hier waren, verursachte ihr ein ungutes Gefühl. Reiß dich zusammen, ermahnte sie sich selbst. Du bist doch schon tausend Mal allein nach Hause gekommen.

»Wo soll ich meine Sachen unterstellen?«, fragte Celeste.

»Im ersten Stock. Komm mit, ich zeige dir alles.« Piper führte das Mädchen die Treppe hinauf.

Ich werde bei *Buckland's* anrufen und nachfragen, ob Prue dort ist, dachte sie, in der Absicht, sich mit einem vernünftigen Plan zu beruhigen. Danach könnte ich es im *dojo* probieren und nachhören, ob dort irgendjemand Phoebe gesehen hat.

Piper öffnete die Tür zum Gästezimmer. Über dem Gästebett lag noch immer Grams Tagesdecke aus Chenille. Ein Kinderfoto ihrer Mutter hing über der kleinen Kommode. Auf dem eichenen Bücherschrank stand eine Vase mit vergilbten Papierblumen, und ein alter, durchgesessener Armsessel in der Fensterecke erinnerte an bessere Tage.

»Das ist hübsch«, sagte Celeste.

»Nicht gerade das Hilton, aber gemütlich«, stimmte Piper zu. »Du kannst deine Klamotten entweder in der Kommode oder im Schrank verstauen. Du kannst dir die Bücher ausleihen, den Kühlschrank plündern, fernsehen oder was immer du tun möchtest. Fühl dich ganz wie zu Hause.«

Celeste stellte ihren Koffer neben das Bett. »Danke.«

Piper fühlte sich plötzlich wie eine ganz lausige Gastgeberin. »Hat du vielleicht Hunger? Ich könnte dir ein Sandwich machen oder ...«

»Nein, danke. Ich bin wunschlos glücklich«, sagte Celeste, nun endlich lächelnd. »Wirklich, Piper.«

»Okay, dann gehe ich jetzt nach unten und erledige ein paar Telefonate. Ruf einfach, wenn du irgendetwas brauchst.«

»Das werde ich«, versprach Celeste.

Piper nickte und ging hinaus. Sie würde sich viel besser fühlen, wenn sie erst mit ihren Schwestern gesprochen hatte. Sie blieb auf dem Treppenabsatz stehen, als sie ein undefinierbares Geräusch hörte. War das Celeste, die in ihrem Zimmer umherging?

Nein, das Geräusch kam nicht aus dem ersten Stock. Es kam ... vom Dachboden.

Wenn sich wirklich jemand dort herumtrieb, dann war es vielleicht keine so gute Idee, ohne jede Verteidigungsmöglichkeit hinaufzugehen. Gerade jetzt, wo ihre Kräfte völlig unzuverlässig waren.

Sie ging ins Erdgeschoss, griff sich den Schürhaken, der neben dem Kamin hing, und stieg dann wieder die Treppen hinauf. Da waren die Geräusche wieder. Kein Zweifel: Es war ganz sicher jemand auf dem Dachboden, und es war nicht Celeste, denn sie hörte das Mädchen im Gästezimmer summen. Bitte, lass es einen Waschbären sein, betete sie.

Sie hielt einen Augenblick lang inne. Vielleicht ist es ja das Beste, Celeste zu benachrichtigen und sich mit ihr so schnell wie möglich aus dem Staub zu machen.

Aber sie wusste, dass sie das nicht tun konnte. Das *Buch der Schatten* lag auf dem Dachboden. Sie durfte nicht zulassen, dass es in falsche Hände geriet.

Piper stieg die letzten Stufen hinauf, den schmiedeeisernen Schürhaken fest umklammert. Die Tür zum Dachboden war verschlossen. Sie konnte nicht sagen, ob das ein gutes oder ein schlechtes Zeichen war.

Auf alles vorbereitet, drehte sie am Türknauf und stieß die Tür lautlos auf. Ihr Herz drohte auszusetzen, als sie drei Gestalten in langen schwarzen Roben vor sich sah, die um das Pult herumstanden, auf dem das geschlossene *Buch der Schatten* lag.

Piper schlich näher, den Schürhaken wie einen Baseballschläger in den Händen. Sie erwog, Celeste im zweiten Stock eine Warnung zuzurufen, aber das wäre wie eine Einladung an die Hexer gewesen.

Plötzlich wirbelte eine der Gestalten herum. Piper keuchte laut auf.

»Ein faszinierendes Werk, das ihr hier habt.« Einer der Hexer deutete mit einer Kopfbewegung auf das *Buch der Schatten.* »Vielleicht möchtest du es uns einmal vorführen.«

Piper musste beinahe lächeln, als sie verstand, was hier oben vorgefallen war. Die Hexer hatten versucht, das *Buch der Schatten* aufzuschlagen, aber es hatte sich mit seinem Zauber selbst beschützt; es hatte sich nicht öffnen lassen.

»Verschwindet«, befahl Piper und hoffte, dass man ihrer Stimme die Angst nicht anhörte.

»Bist du zu deinen Gästen immer so unfreundlich?«, fragte ein anderer Hexer.

Die drei Eindringlinge kamen auf Piper zu. Sie schlug drohend mit dem Schürhaken nach ihnen, doch die düsteren Gestalten kamen unbeeindruckt näher. »Wie dem auch sei, dann werden wir das Buch eben mitnehmen.«

»Das glaube ich kaum.« Wieder ließ Piper den Schürhaken durch die Luft sausen. »Selbst der dämlichste Hexer müsste doch inzwischen kapiert haben, dass das *Buch der Schatten* nirgendwo hingeht, wenn es nicht will.«

»Zu schade, dass du nicht über dieselbe Macht verfügst«, knurrte einer der Hexer. Im gleichen Moment stürzten die drei Gestalten auf sie zu.

»Nein!«, schrie sie in Panik und hob instinktiv ihre Hände, um die Zeit einzufrieren. Da erstarrte sie selbst zu völliger Bewegungslosigkeit. Die drei Hexer griffen nach ihr …

19

Mühsam öffnete Piper die Augen. Sie war an einem Ort, der so dunkel war, dass sie im ersten Moment glaubte, erblindet zu sein. Ihr Kopf fühlte sich schwammig an, ihr Körper dafür schwer und taub. Sie streckte die Finger, und sie bewegten sich. Die Zeit stand definitiv nicht mehr still. Dann versuchte sie, einen Arm zu heben, aber das ging nicht. Ihre Hände waren hinter ihrem Rücken gefesselt.

Piper versuchte, nicht in Panik auszubrechen. Wo bin ich? Wie viel Zeit ist vergangen, seit die Hexer mich aus dem Haus entführt haben? Und was ist mit Celeste passiert? Haben sie das Mädchen auch erwischt? Piper betete, dass sie es geschafft hatte, zu entkommen. Oh, Celeste, es tut mir ja so Leid, dass ich dich in diese Sache mit hineingezogen habe, dachte sie bitter.

Und was ist mit Prue und Phoebe? Piper hoffte verzweifelt, dass sie hier irgendwo in der Nähe waren und schon Pläne schmiedeten, um sie zu befreien.

Sie versuchte angestrengt, in der sie umgebenden Dunkelheit etwas zu erkennen. Sie konnte nicht einmal sagen, ob sie in einem Gebäude oder einer Höhle war. Wo immer sie auch gefangen gehalten wurde, die Luft war beißend kalt und feucht. Piper fröstelte. Eine überwältigende Welle aus Übelkeit und Schwäche drohte, sie fortzureißen.

In diesem Moment erkannte sie, wo sie war – sie musste sich in dem verlassenen Haus in der Colwood Street befinden. Vor Angst fiel es ihr schwer, zu atmen. Sie hatte nie mehr an diesen Ort zurückkommen wollen. Irgendetwas in ihrem Inneren sagte ihr, dass sie niemals so viel Glück haben würde, ein zweites Mal lebend von hier zu entkommen.

Piper vernahm ein lautes, knisterndes Geräusch. Neben ihr wurden zwei Fackeln entzündet, und sie musste die Augen zusammenkneifen vor dem plötzlichen, blendenden Licht.

Die Fackeln beleuchteten die beiden Enden eines Altars, der mit schwarzem Tuch bedeckt war. Genau in seiner Mitte stand eine große Bronze-Urne, aus der ein Übelkeit erregender, süßlicher Rauch quoll.

Piper verdrehte ihren Hals, um nach rechts zu blicken. Eine ganze Armee von Hexern, alle in schwarze Roben gehüllt, kam auf sie zu und stellte sich nun um sie herum auf. Sie alle trugen rituelle Dolche und umgedrehte Pentagramme. In der Mitte des Raumes hing ein großer weißer Kristall. Piper wurde von Furcht geschüttelt. Sie war, daran bestand kein Zweifel mehr, mitten im Herzen des Hexenkreises der Neuen Sonne.

Eine groß gewachsene Gestalt trat hinter den Altar. Der Mann klatschte in die Hände und überall an den Wänden entflammten Kerzen, die ihr flackerndes Licht auf den höhlenartigen Raum warfen.

Piper warf einen Blick nach links und schrie vor Bestürzung auf. Ihre Schwestern standen direkt neben ihr, und auch ihre Hände waren auf magische Weise mit glühend roten Lichtfesseln auf den Rücken gebunden.

»Piper!«, stieß Prue hervor.

»Nein! Das darf doch nicht wahr sein, dass sie uns alle erwischt haben«, stöhnte Phoebe.

Pipers Schwäche und ihre Angst wichen jetzt blanker Wut. Sie drehte sich dem Anführer der Hexenschar zu. »Wer bist du?«, fragte sie fordernd. »Warum tust du uns das an?«

»Du wirst mich gefälligst mit ›Meister‹ anreden«, sagte der Anführer scharf.

»Meister in was?«, stieß Piper verächtlich hervor. »Im Basteln von albernen Halloween-Kostümen?«

Einer der anderen Hexer trat einen Schritt vor und schlug Piper mitten ins Gesicht. Der plötzliche Schmerz und die Hilflosigkeit steigerten ihre Wut nur noch mehr.

»Vielleicht wird dich das lehren, etwas dankbarer zu sein. Immerhin habe ich dich wieder mit deinen geliebten Schwestern vereint«, sagte der Meister.

»Wo ist Celeste?«, wollte Piper wissen.

»Alles zu seiner Zeit. Alle eure Fragen werden zu gegebener Zeit beantwortet werden.« Piper musste feststellen, dass ihr die Stimme des Meisters irgendwie bekannt vorkam. Aber sie konnte sie nicht einordnen. Wer war das?

»Lasst uns beginnen«, befahl der Anführer seinen Gefolgsleuten. Einige der Hexer durchquerten den Raum und entzündeten Weihrauch. Ein tiefer, monotoner Singsang erfüllte den Raum. Dann wurde eine Frau hineingetragen. Piper erkannte den langen, blonden Zopf. Es war Adrienne, die Frau aus dem Wicca-Laden!

»Setzt sie ab«, befahl der große Hexer.

Adrienne lag nun am Boden, gefesselt von Seilen aus rotem Licht. Doch diesmal wehrte sie sich nicht; sie schien kaum bei Bewusstsein zu sein.

Die Hexer setzten ihren tiefen, rhythmischen Singsang fort. Er wurde immer lauter.

»Was tun sie da?«, flüsterte Phoebe Prue zu.

»Ich habe keine Ahnung«, entgegnete Prue.

»Diese Frau gehörte einst zu uns, aber sie hat uns verraten, um euch zu helfen«, dröhnte die Stimme des Meisters zu ihnen. »Nun werdet ihr sehen, was wir mit denen machen, die sich gegen uns stellen!«

Der Singsang schwoll an. Piper konnte spüren, wie die Energie in dem Gewölbe dunkler wurde und stärker. Adrienne begann zu wimmern und sich zu winden. Ihr Jammern wurde zu schmerzerfülltem Schreien, als ihr Körper sich in Krämpfen wand. Der Ekel erregende Geruch von verbranntem Fleisch und Haaren erfüllte den Raum, während ihre Haut langsam anfing, Blasen zu werfen, um sich kurz darauf vom Körper abzuschälen. Nichts war mehr zu erkennen von der schönen Frau, die sie einst gewesen war. Dann schmolz das, was von Adrienne noch übrig war, wie eine Wachspuppe zusammen.

Piper musste ihre Augen von dem grauenhaften Anblick abwenden. Sie sah zu Phoebe, die ihre Augen fest zugekniffen hatte. Prues Gesicht schien erstarrt zu sein, aber Piper konnte sehen, wie die Tränen an ihren Wangen herunterliefen.

Der Anblick ihrer Schwester versetzte Piper einen Stich. Für Prue war Adrienne eine Freundin gewesen. Wie entsetzlich musste es sein, sie auf diese Weise zu verlieren.

Der Meister blickte die drei Schwestern böse grinsend an. »Betrachtet dies als eine Lektion, ihr Zauberhaften. Ihr wurdet Zeuge davon, welchen Preis man zahlt, wenn man sich dem Hexenkreis der Neuen Sonne widersetzt.«

Phoebe funkelte ihn grimmig an. »Willst du dasselbe mit uns tun?«

Der Hexer lachte kurz auf.

»Antworte mir!«

»Du bist wohl kaum in der Position, Forderungen zu stellen. Wir werden uns schon bald um euch kümmern«, sagte der Meister kalt.

Piper blickte wieder zu ihren Schwestern. Prues eisblaue Augen funkelten vor Wut, und Phoebe sah aus, als hätte sie den Hexer nur zu gern eigenhändig in Stücke gerissen. Sie schienen ebenso fest entschlossen, diese Hexenschar zu bekämpfen, wie sie selbst. Aber wie? Selbst wenn sie es irgendwie schaffen sollten, lebend hier herauszukommen, würden sie die Macht der drei einsetzen müssen – eine Kraft die, von der Macht der Schar ins Gegenteil verkehrt, alles nur noch schlimmer machen würde.

»Ihr Halliwells scheint so voller Energie zu stecken«, sagte der Meister jetzt, von seinem Podest hinter dem Altar herabsteigend. »Da ist es fast schon bedauerlich, dass ihr ausgelöscht werden müsst. Aber ihr werdet verstehen, dass wir euch vernichten müssen, weil ihr euch gegen uns gestellt habt. Ihr habt eure Macht in den Dienst des Guten gestellt.«

Der Meister blieb nun direkt neben dem Hexer stehen, der Piper am nächsten stand. »Das Beste an der Sache ist, dass wir eure Gutmütigkeit dafür benutzt haben, euch in eine Falle zu locken – euch alle.«

Mit einer blitzschnellen Bewegung riss er der Gestalt neben sich die Kapuze vom Gesicht.

Piper keuchte wie vom Blitz getroffen und traute ihren Augen nicht. Und doch sah sie die zarten Gesichtszüge und das rötliche Haar direkt vor sich. Der junge Hexer war in Wirklichkeit eine Hexe. Und es war Celeste!

20

PIPER STARRTE CELESTE AN und versuchte, die Tatsache zu begreifen, dass dieses Mädchen, um das sie sich solche Sorgen gemacht hatte, das sie um jeden Preis beschützen wollte, von Anfang an darauf ausgewesen war, sie zu töten.

Piper drehte sich ihren Schwestern zu. »Es tut mir so Leid.«

»Piper, ich ...«, begann Celeste.

»Ich will nur eins wissen«, unterbrach Piper sie scharf. »Entsprach irgendetwas von dem, was du mir erzählt hast, der Wahrheit? Oder war das alles nur eine einzige Lüge?« Sie hasste sich selbst dafür, dass sie so verletzt klang, aber sie musste es einfach wissen. Wenn sie und ihre Schwestern heute Nacht sterben mussten, dann wollte sie wenigstens wissen, warum.

Celeste blickte sie finster an. »Das meiste davon ist wahr. Ich bin wirklich eine Waise – und ich habe wirklich schon in vielen Pflegeheimen gelebt. Und ich bin wirklich von der Polizei festgenommen worden.«

»Was ist mit Daria? Wo ist sie? Ist *sie* diejenige, die dich in diese ganze Sache hineingezogen hat?«

Ein spöttisches Lächeln machte sich auf Celestes Gesicht breit. »Du hast es immer noch nicht kapiert, was?«, sagte sie. »Darias einziges Problem war es, meine Zimmergenossin zu sein. Von dem Augenblick an, da ich sie das erste Mal gesehen habe, wusste ich, dass ich sie für meine Zwecke benutzen konnte. Bei ihrer Vergangenheit war klar, dass sie immer in Schwierigkeiten kommen würde. Als sie aus eurem Haus fortgelaufen ist, war das die perfekte Gelegenheit, dich in die Irre zu führen. Ich habe dir diese ganzen Geschichten über sie erzählt und in unserem Zimmer Hexenutensilien versteckt. Und du hast nie einen Schimmer gehabt, was da in Wirklichkeit abläuft.«

»Aber warum?«, wollte Piper wissen. »Warum hast du uns das alles angetan?«

»Warum?« Celeste deutete auf die Gestalten, die um sie herum standen. »Weil ich niemanden hatte und die Hexenschar mich aufgenommen hat.«

»Celeste gehört jetzt zu unserer Familie«, sagte der Meister. Er zog seine Kapuze vom Kopf, und Piper musste scharf Luft holen, als sie das grau melierte Haar und die grünen Augen erkannte. Kein Wunder, dass ihr seine Stimme so bekannt vorgekommen war.

»M-Mr. Morgan?«

»Sehr richtig. Direktor des *Sunshine-Centers* zu sein kam meinen Zielen sehr entgegen«, erklärte er mit sanfter Stimme. »Jede Woche kommen neue Kinder zu uns, alle ohne Zuhause und dankbar dafür, nun endlich irgendwohin zu gehören. Sie alle sehnen sich nach einer Familie. Und unser Kreis gibt ihnen genau das. Wir nehmen sie in *unsere* Familie auf. Natürlich nicht ohne eine kleine Gegenleistung: lebenslange Hingabe an unser gemeinsames Ziel.«

Piper wurde immer übler. Sie konnte sich kaum dazu bringen, dieses Monster anzublicken, das verwundbare Kinder so schamlos ausnutzte und instrumentalisierte.

»Celeste ist eine meiner viel versprechendsten Schülerinnen«, fuhr der Meister fort. »Eine talentierte Schauspielerin mit einer großen magischen Begabung. Du brauchst dir also gar keine Vorwürfe zu machen, Piper. Du hattest von Anfang an keine Chance. Und wenn es ein Trost sein sollte, du warst dabei in guter Gesellschaft. Schließlich sind uns auch deine Schwestern Prue und Phoebe nur deshalb in die Hände gefallen, weil sie Adrienne retten wollten. Offensichtlich ist es ihnen dabei nie in den Sinn gekommen, dass auch sie zu uns gehörte.«

Piper sah den ungezügelten Hass in Prues Augen.

»Ja«, sprach der Meister weiter. »Adrienne war eine meiner Spinnen, die ich ausgeschickt hatte, um euch in mein Netz zu locken. Unglücklicherweise wurde sie schwach und erwies sich am Ende als Verräterin. Also hatten wir keine Wahl. Wir mussten sie vernichten.

So, wie wir jetzt auch euch vernichten werden.«

21

WENN ICH MICH DOCH nur aus diesen Seilen – oder was auch immer das ist – befreien könnte, dachte Phoebe, dann würde ich diesen Typ in Stücke reißen!

Mr. Morgan verkörperte das Böse, das pure Böse. Phoebe war klar, dass er aufgehalten werden musste. Sie zerrte immer wieder an ihren Fesseln. Sinnlos. Sie war völlig machtlos.

»Mal sehen ... wer von euch dreien möchte zuerst sterben?«, fragte Mr. Morgan mit sanfter Stimme. Er wartete. »Keine Freiwilligen? Dann werde ich mir wohl eine aussuchen müssen.«

Phoebe hasste ihn mit jeder Sekunde mehr. Sie hasste ihn für das, was er ihren Schwestern, den Kindern im *Sunshine-Center* und sogar Adrienne angetan hatte. Doch am allermeisten hasste sie seine Lust an der Grausamkeit. Es muss einen Weg geben, gegen ihn anzukämpfen, dachte sie verzweifelt. Wir dürfen nicht aufgeben.

Der Meister wedelte grinsend mit einem Zeigefinger vor den Gesichtern der Schwestern herum. »Ene, mene, muh – und aus bist ...« Der Finger stoppte vor Phoebe. »Du!«, verkündete er. »Sieht aus, als hättest du gewonnen, meine Liebe!«

Phoebe fühlte, wie sich ihr Herz vor Furcht zusammenklumpte. Der Meister klatschte in die Hände. »Bringt sie zur Neuen Sonne«, befahl er.

Ein groß gewachsener, kräftiger Hexer packte Phoebes Arme. Sie wand sich unter seinem Griff und versuchte, sich loszureißen, doch vergebens. Man zerrte sie in die Mitte des Raums, wo sie so unter einem großen, an der Decke hängenden weißen Kristall abgesetzt wurde, dass sie knien und den Meister dabei anblicken musste.

Der Meister nahm seinen Singsang wieder auf. Phoebe konnte nur hilflos zusehen, wie er dabei kleine Fläschchen mit farbigen Pulvern in die Bronze-Urne kippte. Der Gestank wurde noch abstoßender, als er Wurzeln, Öle und eine Hand voll Kräuter hinzufügte.

Blassgrüner Rauch stieg aus der Urne hervor. Der Meister hob seine Arme, die Finger weit ausgestreckt. Phoebe wusste zwar nicht genau, was er da tat, aber sie war sich ziemlich sicher, dass es nichts Gutes bedeuten konnte.

An den Fingerspitzen des Meisters flackerten hellgrüne Lichtblitze auf. Dann züngelten sie nach oben und schlugen einen Lichtbogen bis hinauf zu dem Kristall. Dann knisterten die Blitze um den Edelstein herum, und ein paar Sekunden später begann der Kristall zu glühen.

»Wenn du stirbst, wird die Neue Sonne deine Lebensenergie aufnehmen und an den Kreis weitergeben. Eine Art Recycling, wenn du so willst.« Mr. Morgan grinste Phoebe hämisch an.

Das Glühen des Kristalls wurde stärker. Phoebe schloss die Augen, als nun mächtige Energiewellen von ihm abgestrahlt wurden, die eine überwältigende, strahlend weiße Hitze erzeugten. Schweißtropfen rannen über Phoebes Rücken und ihre Brust. Sie fühlte, wie ihre Haut sich vor Hitze schmerzhaft rötete.

»Phoebe!«, schrie Piper angstvoll auf.

Der Meister setzte erneut zu einem montonen Gesang an, und diesmal stimmte der Hexenkreis mit ein. Der Kristall sank langsam nach unten und glühte jetzt noch weißer und heißer. Phoebe fühlte, wie ihre Haut brannte und dass sich Blasen bildeten. Der furchtbare Geruch ihrer eigenen verbrannten Haare und versengten Wimpern stieg ihr in die Nase.

In diesem Moment hörte Phoebe durch den Singsang hindurch Pipers Stimme. »Celeste!«, flehte ihre Schwester. »Du darfst das nicht zulassen. Du bedeutest ihnen nicht so viel wie mir. Sie nutzen dich nur wegen deiner Kräfte aus. Lass nicht zu, dass sie meiner Schwester das antun!«

Der Gesang wurde fortgesetzt, und das Licht der Neuen Sonne wurde heller und heller.

»Bitte!«, schluchzte Piper.

Phoebe stöhnte vor Schmerz auf.

»Wartet!«, hörte Phoebe Celeste murmeln.

»Bitte!«, schrie Piper voller Entsetzen.

»Wartet!«, rief Celeste, diesmal mit lauterer Stimme. Der Singsang ebbte ab.

»Warum hört ihr auf? Macht weiter!«, befahl der Meister.

»Ich sagte *wartet*!«, donnerte Celestes Stimme durch den Raum.

Phoebes Schmerzen ließen nach, und sie blickte zu Celeste auf. Das Mädchen hatte die Hände nach außen gestreckt. Ihre Handflächen glühten auf. Alle Augen waren auf sie gerichtet. Phoebe wurde klar, dass Celeste irgendeine Art von starker Magie benutzte und damit die Macht schwächte, die der Kristall auf sie ausübte. Sie bewegte ihre Handgelenke! Ihre Hände waren frei!

Niemand hatte dies bemerkt – der ganze Raum konzentrierte sich ausschließlich auf Celeste.

»Du närrische Göre! Du wagst es, mir zu trotzen?«, rief der Meister außer sich.

»Man sollte meinen, Sie wären es mittlerweile gewohnt, sich mit rebellischen Teenagern herumschlagen zu müssen, Mr. Morgan«, spottete Celeste.

Das war die perfekte Ablenkung. Phoebe streckte die Hände nach dem am nächsten stehenden Hexer aus und zog vorsichtig den Dolch aus dem Gürtel an seiner Hüfte. Dann schlüpfte sie unbemerkt durch die im Raum versammelten Kultmitglieder und blieb direkt hinter ihren Schwestern stehen.

Sie wollte gerade einen Entfesslungszauber sprechen, als ihr einfiel, dass ihre Kräfte ja verkehrt herum wirkten. So sagte sie einen Fesslungsspruch auf, und die Lichtseile um die Handgelenke ihrer Schwestern lösten sich in nichts auf. Ja!

»Sie fliehen! Haltet sie auf!«, hörte Phoebe plötzlich jemanden rufen. Mist! Zu früh gefreut.

Jemand griff von hinten nach Phoebe, und seine Arme legten sich wie ein Schraubstock um sie. Selbstverteidigungs-

Kombination Nummer 1, befahl Phoebe sich selbst. Sie ließ ihre Arme in einem Scherenschlag emporschnellen und zwang damit die ihres Angreifers auseinander. Dann trat sie mit ihrer Ferse hart auf seinen Fuß, wirbelte herum, trat gegen seinen Knöchel und schickte ihn damit zu Boden.

Es hat geklappt!, dachte sie voller Überraschung. Ich habe es tatsächlich geschafft!

Plötzlich hörte Phoebe hinter sich ein Geräusch. Sie wirbelte herum und sah, dass ein wie Frankensteins Monster gebauter Hexer mit erhobenem Dolch auf sie zustürmte. Wenn es gegen diese Art des Angriffs eine Selbstverteidigungs-Kombination geben sollte, dann hatte sie diese noch nicht erlernt.

Phoebe entschied sich für eine weniger elegante, aber wirkungsvolle Taktik. Als er schon fast über ihr war, kauerte sie sich zusammen und streckte einen Fuß aus. Autsch! Es tat weh, als sein Fuß gegen ihren Knöchel prallte, doch anstatt zu stolpern und hinzuschlagen, schleuderte ihn die Wucht seines eigenen Angriffs über sie hinaus. Er knallte direkt gegen den Kristall.

Phoebe sah staunend zu, wie das Ding von der Kette gerissen wurde, mit der es an der Decke befestigt war. Der Kristall prallte gegen eine Wand und schlitterte dann über den Boden. Jeder der Hexer im Raum versuchte nun verzweifelt, den Stein zu fassen zu bekommen, als ginge es um ihr Leben.

Was jetzt?, fragte sich Phoebe. Sie nahm eine Kampfposition ein und warf einen schnellen Blick durch den Raum, um in diesem ganzen Chaos ihre Schwestern zu finden.

Doch die waren Gott sei Dank nur ein paar Meter von ihr entfernt, und Celeste stand genau vor ihnen. Das Mädchen hielt drei verknotete rote Bänder in der ausgestreckten Hand. Phoebe rannte zu ihnen.

»Der Bann soll von euch dreien weichen«, sprach Celeste gerade. »Eure Kräfte seien wie zuvor die gleichen.«

Phoebe spürte, wie ein Energiestoß sie durchzuckte. Ein vertrautes Gefühl von Helligkeit und Stärke durchströmte sie von Kopf bis Fuß. Es erfüllte sie und heilte auch ihre Verbrennungen. Mehr noch, es verlieh ihr wieder dieses Gefühl der Verbundenheit mit ihren Schwestern, von dem sie wusste, dass es die Quelle ihrer Macht war.

Piper drehte sich zu ihrer Schwester um. »Phoebe, du bist wieder okay!«

»Das sind wir alle«, sagte Prue. »Unsere Kräfte sind wieder zurückgekehrt!«

»Danke, Celeste«, sagte Piper leise.

Celeste starrte sie an. Tränen schimmerten in ihren Augen. »Ich hatte wirklich geglaubt, sie wären so etwas wie eine Familie, aber sie hegten nie solche Gefühle für mich wie du.« Sie begann, bitterlich zu weinen. »Du hast dein Leben für mich aufs Spiel gesetzt. Es tut mir so Leid, dass ich dir das angetan habe.«

Piper legte ihre Arme um das schluchzende Mädchen.

»Wir glauben dir«, sagte Prue hektisch, »aber lass uns später darüber reden, okay?«

Phoebe blickte gehetzt durch den Raum. Das allgemeine Durcheinander hatte sich wieder gelegt, und die wütenden Hexenmeister umzingelten jetzt die vier Mädchen.

»Sicher«, ergänzte Phoebe. »Wenn es ein Später gibt.«

22

Piper schluckte, als sich der Kreis der Hexer immer enger um sie schloss. »Mir scheint, wir sind ein wenig in der Unterzahl«, murmelte sie.

»Also, für mich sieht das nach einem fairen Kampf aus«, sagte Prue. Sie konzentrierte ihren Blick auf das gute Dutzend Hexer, das direkt vor ihnen standen. Und plötzlich wurden diese Angreifer auf die andere Seite des Raums geschleudert, wobei sie alle anderen mitrissen, die ihnen im Weg standen. »Ja! Das fühlte sich gut an!«

Piper sah, wie ein Dolch auf Phoebe niederzuckte. Ohne nachzudenken riss sie die Hände in die Höhe und fror die Zeit ein.

»Danke, Piper.« Phoebe trat einen Schritt vor, nahm den Dolch aus den Händen ihres Angreifers und verpasste ihm dann einen kräftigen Tritt in die Leistengegend. Als der Zeitstopp nachließ, fiel der Hexer vor Schmerz gekrümmt in sich zusammen.

»Das tat echt gut«, kommentierte Phoebe.

Prue wirbelte herum und schleuderte eine weitere Gruppe von Hexern durch den Raum, die hart an die Bretter knallten, mit denen die Fenster vernagelt waren.

»Das reicht!«, donnerte die Stimme des Meisters durch den Raum.

»Das glaube ich kaum«, entgegnete ihm Piper. »Wir haben noch nicht einmal richtig angefangen.«

Prue verpasste dem Anführer einen Energiestoß, der ihn gegen die Wand hinter dem Altar katapultierte.

»Ähm, Prue«, murmelte Phoebe. »Ich glaube, das war vielleicht keine so gute Idee.«

Tatsächlich, der Meister hatte sich wieder hochgerappelt, und nun umgab ihn ein Kreis aus blutrotem Licht, knisternd vor Energie. Piper fragte sich, ob ihre Augen sie vielleicht täuschten, denn innerhalb des roten Lichtkreises dehnte sich die Gestalt des Meisters nun aus wie ein Schatten. Er wurde größer – und mächtiger. Und er kam drohend auf die Zauberhaften zu.

Piper spürte, wie der Mut sie zu verlassen drohte. Sie hatte schon gegen viele Gestaltwandler gekämpft, aber dieser hier war etwas ganz Besonderes. Sie hatte noch nie erlebt, dass irgendein Geschöpf der Nacht *diese* Form angenommen hatte. Das hier war wie etwas, das ihren furchtbarsten Albträumen entsprungen zu sein schien.

Alles andere in dem Raum schien plötzlich zu verblassen. Sie bekam vage mit, wie Prue noch einige Hexer fortschleuderte und Phoebe einen Zauberspruch aufsagte, der die anderen dazu brachte, ihre Angriffe zu unterbrechen und sich stattdessen wie von Sinnen zu kratzen.

»Piper, du und ich, wir haben noch eine Rechnung zu begleichen«, dröhnte die Stimme des Meisters. Er brauchte nur zwei gewaltige Schritte, und da erhob er sich über ihr, umgeben von wild herumtanzendem roten Licht.

Piper zitterte vor Furcht. Doch dann erinnerte sie sich wieder daran, was Mr. Morgan Celeste angetan hatte – und den zahllosen anderen jungen Mädchen, die das Pech gehabt hatten, im *Sunshine-Center* zu landen. Die Wut darüber entfachte ihren Mut von neuem. »Du hast Recht«, stimmte sie zu. »Ich muss nämlich dich und deinen Hexenkult vernichten.«

Pipers Hände fuhren in die Höhe und froren die Zeit ein. »Prue, Phoebe, ich brauche euch!«, rief sie.

Ihre Schwestern waren sofort bei ihr.

»Ich glaube, er hat es verdient, etwas von seiner eigenen Medizin abzubekommen.« Prue begann, die Worte eines Fesslungszaubers aufzusagen. Piper und Phoebe schlossen sich an. Sie fassten sich bei den Händen, ließen ihren Gesang ertönen und beschworen die Macht der drei, um den Zauber noch zu verstärken.

Piper fühlte die unglaubliche Energie, die sie stets durchströmte, wenn sie die Macht der drei heraufbeschworen. »Stricke soll'n sich um ihn winden«, sangen die Schwestern. »Fesseln, die ihn ewig binden.«

Plötzlich schlang sich ein dickes Seil aus purem Licht um den Körper des Meisters und das rote Licht, das ihn umgab. Das Ganze sah aus, als ob eine Mumie eingewickelt würde.

Der Zeitstopp verebbte, und … die hellen Fesslungsstricke begannen zu flackern und zu verblassen. Der Zauber, musste Piper entsetzt feststellen, er funktionierte nicht!

»Ihr albernen Gänse!«, dröhnte der Meister. »Eure Magie

ist nichts verglichen mit meiner Macht. Ihr könnt mich nicht aufhalten.«

»Aber das hier kann es!«, rief Celeste. Sie stand vor dem Altar und hielt den weißen Kristall in ihren Händen.

Der Meister wirbelte erschrocken zu ihr herum. »Leg das sofort weg!«, schrie er.

»Wie Sie meinen«, sagte Celeste und ließ den Kristall in die große qualmende Bronze-Urne fallen.

»Neeeiiin!« Der Meister stürzte drohend auf sie zu, doch Celeste blieb furchtlos stehen. »Das Feuer wird den Kristall reinigen«, erinnerte sie ihn. »Es wird seine Macht vom Bösen zum Guten wandeln.«

»Du wirst uns alle vernichten«, brüllte der Meister außer sich und stürmte auf die Urne zu. »Auch dich selbst!«

»Vielleicht«, sagte Celeste, die Mundwinkel zu einem grimmigen Lächeln verzogen. »Aber dieses Risiko gehe ich ein.«

Der Meister stieß Celeste brutal vom Altar weg und tauchte seine Hände in die brodelnde Urne. Er schrie vor Schmerzen, als er den Kristall aus der siedend heißen Flüssigkeit heraushob.

In seinen Händen glühte der Stein heller denn je zuvor, und der Meister kämpfte darum, ihn festhalten zu können. Schweißtropfen rannen über seine Stirn. Schon begannen seine Hände, Blasen zu werfen.

»Sag Auf Wiedersehen«, sagte Celeste bitter lächelnd und machte eine winkende Handbewegung in seine Richtung.

»Aaaahhh!« Der Meister schrie. Dann explodierte der Kristall in seinen Händen und zerplatzte in Millionen Stücke.

Farbige Funken und Lichtschlieren erfüllten den Raum. Es folgte ein dröhnendes Geräusch, als ob sich eine gigantische Welle auftürmen würde.

Die farbigen Funken wurden immer heller. Die Luft im Raum war erfüllt davon – ein Konfettiregen aus purem Licht. Das Geräusch der unsichtbaren Welle schwoll an. Die Macht des zerschmetterten Kristalls baute sich auf.

Celeste hat eine unglaubliche Energie freigesetzt, erkannte Piper. Die Frage war, was würde sie bewirken?

23

Piper wurde von der unsichtbaren Macht, die jetzt den Raum erfüllte, zu Boden geworfen. Das Geräusch der Energiewelle wurde immer lauter – so laut, dass Piper fürchtete, ihr Trommelfell würde platzen. Sie rollte sich zusammen, kniff die Augen zu, presste sich die Hände an die Ohren und betete, dass dieser furchtbare Druck endlich vorbeigehen würde.

Und dann, mit dem Rauschen einer Welle, die in den Ozean zurückgezogen wird, war es plötzlich vorüber.

Piper wartete noch einen Augenblick, bevor sie sich aufsetzte und sich umsah. Die magische Welle hatte alle Hexer mit sich fortgerissen. Die einzigen Menschen, die sich noch in dem Haus in der Colwood Street aufhielten, waren die Zauberhaften. Und Celeste!

Piper lief erleichtert zu ihr. »Gott sei Dank, dir ist nichts passiert!« Sie fiel dem Mädchen um den Hals.

Celeste erwiderte die Umarmung. »Ich war mir nicht sicher, weil ich schon so lange Zeit eine schwarze Hexe gewesen bin, ob die gute Energie des Kristalls mich verschonen würde«, sagte Celeste atemlos. »Ich hatte eigentlich damit gerechnet, dass sie auch mich vernichten würde. Aber ich … ich glaube, dass ich euch geholfen habe, hat auch mich gerettet.«

»Das war ein ziemlich beeindruckender Zauber«, sagte Phoebe.

Das Mädchen schauderte. »Solange ich lebe, will ich nie wieder etwas mit Magie zu tun haben.«

Prue runzelte die Stirn. »Bist du sicher? Du bist offensichtlich sehr begabt. Und wenn du diese Kräfte für das Gute einsetzen würdest …«

»Bitte«, sagte Celeste. »Wenn ich meine Magie einsetze, wird mich das nur daran erinnern, dass ich einst Mitglied dieses Kultes und dem Bösen verfallen war. Ich möchte das alles so schnell hinter mir lassen, wie es nur geht. Ich will nichts weiter als ein normales, schönes Leben.«

»Nun ja, wir drei sind vielleicht nicht gerade normal«, bemerkte Piper spitzfindig, »aber wir werden immer für dich da sein.«

»Danke.« Celeste lächelte. Ihre Augen wanderten zur Tür, und ihr Gesicht wurde blass.

»Was ist denn?«, fragte Piper.

Celeste deutete stumm in Richtung Eingang. Eine Gestalt in einer schwarzen Robe hatte den Raum betreten. »Es ist noch nicht vorbei!«, sagte das Mädchen heiser.

Die Gestalt zog sich die Kapuze vom Kopf, und Phoebe schnappte nach Luft. »Kenji?!«

Ist das der Mann, von dem Phoebe mir erzählt hat?, fragte sich Piper. Wenn ja, was tut er hier?

»Er gehört zu ihnen!«, rief Celeste. »Er versucht, euch in eine Falle zu locken! Wir müssen ihn vernichten!«

Prue verlor keine Zeit und ließ einen Energiestoß auf Kenji los, der ihn auch sofort an der Wand festnagelte. Kenji wehrte sich verzweifelt und versuchte sich loszureißen, doch vergebens.

Prue trat vor ihn und warf Phoebe einen Blick zu. »Soll ich ihn für dich töten?«, fragte sie kalt.

»Nein!«, schrie Kenji.

»Warum nicht?«, entgegnete Phoebe. Ihre Augen füllten sich mit Tränen. Ihre Stimme verriet, wie verletzt sie war. »Du hast mich ausgenutzt. Du hast mir vorgespielt, dass ich dir etwas bedeuten würde! Und die ganze Zeit über warst du nur ein Hexer, der vorhatte, uns alle zu töten!«

»Ich bin kein Hexer!«, rief Kenji verzweifelt.

»Komisch, du siehst aber ganz wie einer aus«, erwiderte Phoebe. »Eine schwarzer Robe, ein Dolch an der Hüfte, ein seltsamer, verkehrt herum getragener Anhänger …«

»Ich bin ein Reporter«, sagte er. »Ein Magazin-Journalist mit dem Auftrag, sich in diesen Hexenkreis einzuschleichen, um ihn auffliegen zu lassen.«

»Was?« Einen Augenblick lang schien Phoebe geneigt, Kenjis Erklärung Glauben zu schenken. Dann verschränkte sie ihre Arme vor der Brust. »Warum zum Teufel sollte ich dir eine solche Geschichte abkaufen?«

»Weil sie die Wahrheit ist«, sagte Kenji. »Deshalb habe ich euch auch durch euer Wohnzimmerfenster beobachtet.« Er blickte Prue an. »Wenn ihr mich freilasst, zeige ich euch meinen Journalistenausweis und meinen Pass. Sie stecken beide in der Brusttasche des Hemdes, das ich unter dieser albernen Robe trage.«

»Es ist deine Entscheidung«, sagte Prue achselzuckend zu Phoebe.

Phoebe dachte einen Augenblick lang fieberhaft nach. »Lass ihn noch nicht frei. Wenn er uns dann angreift, wäre das ungefähr so, als müsste man gegen Bruce Lee antreten.« Vorsichtig zog sie den Dolch aus seinem Gürtel. Dann schlitzte sie behutsam, aber entschlossen die schwarze Robe auf.

Sie griff in seine Hemdtasche und zog zwei in Plastik eingeschweißte Karten hervor. »Er sagt die Wahrheit«, berichtete sie einen Augenblick später. »Das ist ein Presseausweis und ein Pass.«

»Das muss gar nichts bedeuten«, warnte Celeste. »Du hast doch dem Kult verraten, dass Phoebe die Macht hat, in die Zukunft zu blicken«, erinnerte sie Kenji.

»Ich *musste* doch mit ihnen zusammenarbeiten, um meine Tarnung aufrechtzuerhalten.«, sagte der Asiate kleinlaut. »Sie hätten es gemerkt, wenn ich lüge. Und der Meister ahnte ohnehin schon lange, dass Phoebe diese Kräfte besitzt.« Sein Blick suchte den von Phoebe. »Du musst mir einfach glauben – ich wollte nie, dass dir irgendetwas zustößt ...«

Er blickte verwundert durch den Raum. »Was ist denn mit dem Kult passiert?«

»Sie sind alle weg. Für immer«, sagte Prue.

Kenji riss die Augen auf. »Habt ihr drei sie etwa ...?«

»Streng genommen waren es wir vier«, sagte Piper und legte einen Arm um Celeste.

»Wow«, sagte Kenji bewundernd. »Das muss aber eine ziemlich mächtige Magie gewesen sein.«

»Stimmt. Tja, jetzt hast du also deine Story«, sagte Phoebe bitter.

Ein breites Lächeln erschien auf Kenjis Gesicht. »Ja, und das ist die Story meines Lebens!«

Phoebe drehte ihm enttäuscht den Rücken zu.

»Aber ich wollte dir niemals wehtun! Das schwöre ich«, sagte Kenji flehend.

»Ich habe dich wirklich gern gehabt, Kenji«, erwiderte Phoebe mit leiser Stimme. »Ich hätte nie geglaubt, dass du mich nur ausnutzen würdest – aus welchem Grund auch immer.«

»Ich habe dich auch sehr gern gehabt! Sogar so sehr, dass ich meinen Redakteur bitten wollte, mich nach San Francisco zu versetzen, sobald ich mit diesem Artikel fertig gewesen wäre.«

Ganz langsam drehte Phoebe sich wieder zu ihm herum. »Du wolltest nach San Francisco ziehen? Wegen mir?«

Kenji nickte. »Ich habe gemerkt, dass ich dich nicht verlieren wollte, Phoebe. Du bist einfach etwas Besonderes.« Er lächelte. »Und das meine ich nicht nur wegen deiner ... Kräfte.«

Prue räusperte sich laut neben ihnen. »Ich unterbreche euch ja nur ungern«, sagte sie, »aber ich denke, es wird Zeit für einen kleinen Schwesternrat.«

Phoebe warf Kenji einen glücklichen Blick zu und ging dann zu ihren Schwestern, die sich schon am anderen Ende des Raums versammelt hatten.

»Er ist bereit, hierher zu ziehen – nur für mich!«, verkündete Phoebe ihren Schwestern aufgeregt.

Piper blickte sie freundlich an. »Das haben wir gehört. Und ich freue mich wirklich für dich, Phoebe«, sagte sie, »aber es gibt da noch ein kleines Problem. Wir dürfen nicht zulassen, dass er seine Geschichte veröffentlicht.«

»Das würde uns mächtige Probleme einbrocken«, stimmte Prue zu.

»Stimmt«, sagte Phoebe und nagte an ihrer Unterlippe.

»Ich habe eine Idee. Legen wir doch einfach den ›Bann des Vergessens‹ über ihn«, schlug Prue vor. »Und zwar nur so weit, dass er vergisst, dass wir Hexen sind. So kann er immer noch seinen Artikel über den Kult schreiben – ohne uns dabei zu erwähnen und bloßzustellen.«

»Du meinst, dann kann ich den Mann behalten und er seine Story?« Phoebe lächelte. »Klingt gut. Fangen wir also an.«

24

Schon am nächsten Tag stand Phoebe vor der Tür von Kenjis Apartment in Berkeley. Sie zögerte kurz, bevor sie anklopfte, blickte an sich hinunter und wünschte sich, noch mal einen Blick in den Spiegel werfen zu können.

Sie trug ihr schönstes schwarzes Minikleid und dazu Prues sündhaft teure Silberohrringe. *Sehe ich gut genug aus? Ich hoffe es wirklich ...*

Einmal mehr überprüfte sie den Inhalt der zwei Einkaufstaschen, die sie bei sich trug. In der einen war Pipers Spezialmenü »Roastbeef au jus«, das unglaublich köstliche Knoblauch-Kartoffelpüree und eine Schale Cäsar-Salat. In der zweiten Tüte befanden sich Kerzen, Halter, Blumen und eine Flasche Wein. Alle Zutaten für ein perfektes Dinner für Verliebte. Sie wollte diesen Abend zu einem Ereignis machen, das sie beide nie vergessen würden. Es sollte der offizielle Beginn ihrer durch Magie unbelasteten Beziehung sein.

Kenji hatte natürlich keine Ahnung, dass ihn ein romantisches Dinner erwartete. Dies war eine von Phoebes spontanen Überraschungen gewesen, und so klopfte sie voller Vorfreude an seine Tür.

Kurz darauf wurde die Tür geöffnet. »Hey«, begrüßte Kenji sie mit sanfter Stimme.

»Selber hey«, antwortete sie freudestrahlend, und ihr Blick ruhte wohlgefällig auf ihm. Er trug sein langes, glänzend schwarzes Haar offen, dazu Jeans und ein schwarzes T-Shirt, das seinen kräftigen Oberkörper und seine muskulösen Arme betonte. Er sah einfach unglaublich heiß aus. »Wie geht's?«, fragte sie fröhlich.

»Gut«, antwortete er und lächelte sie freundlich an. »Womit habe ich denn diesen Besuch verdient?«

»Ach, du weißt schon. Ich war zufällig in der Nachbarschaft«, scherzte Phoebe und trat in sein Apartment.

Als Kenji die Tür hinter ihnen schloss, beugte sie sich vor und presste ihm einen leidenschaftlichen Kuss auf seinen Mund. Doch er machte sich erschrocken los.

»Was ist denn los?«, fragte sie.

»Tut mir Leid, aber das kommt ... ein wenig überraschend für mich.«

»Überraschend?«, lachte Phoebe. »Seit wann kommt ein Kuss denn überraschend für dich?«

»Nun ja, wenn jemand zur Wohnungsbesichtigung vorbeikommt, gehört das Küssen des Vormieters nicht zwangsläufig zur üblichen Vorgehensweise«, stellte er klar. »Nicht dass es mir etwas ausgemacht hätte.« Er lächelte sie an.

»Wohnungsbesichtigung? Kenji, wovon redest du da? Du …« Ihre Stimme versiegte. Ein furchtbarer Verdacht klumpte ihr den Magen zusammen.

»Kenji«, fragte sie. »Wie heiße ich?«

Er blickte sie belustigt an. »Tja, das wollte ich eigentlich fragen, bevor du mich plötzlich geküsst hast.«

»Du kennst mich nicht, stimmt's?«

Er schüttelte den Kopf. »Tut mir Leid. Nein, ich kenne dich nicht. Ich würde dich ja gerne kennen lernen, aber Ende der Woche gehe ich wieder nach San Diego zurück. Aus beruflichen Gründen. Du weiß ja vielleicht, wie das ist.«

Es liegt an dem Zauber, wurde Phoebe plötzlich grausam klar, an dem ›Bann des Vergessens‹, den wir letzte Nacht über Kenji verhängt haben. Er hat funktioniert, leider nur *zu* gut. Kenji hat nicht nur vergessen, dass ich eine Hexe bin, er hat auch vergessen, dass ich überhaupt existiere.

»Stimmt etwas nicht?«, fragte Kenji.

Phoebe kämpfte tapfer ihre Tränen zurück. »Nein, schon gut«, sagte sie hastig. »Ich schätze … ich schätze, ich habe mich nur in der Adresse geirrt.«

Kenji lächelte wieder. »Tja, kann ich dir vielleicht dabei helfen, die richtige zu finden? Ich habe normalerweise einen ziemlich guten Orientierungssinn.«

»Nein. Schon okay.« Phoebe schluckte den Kloß in ihrem Hals hinunter und drückte ihm die Taschen mit Pipers selbstgekochtem Essen, den Kerzen und dem Wein in die Hände. »Hier. Das ist für dich. Ich muss jetzt gehen.«

»Aber …«

»Viel Glück in San Diego«, rief sie ihm zu. Dann eilte sie aus dem Apartment hinaus in die Nacht.

Sie ließ sich auf den Fahrersitz ihres Wagens fallen, verschloss die Tür und begann hemmnungslos zu schluchzen. Das war, wie sie fand, das Mindeste, was ihr jetzt zustand.

Als sie sich endlich die letzten Tränen aus den Augen gewischt hatte, warf sie einen Blick in den Rückspiegel und musste laut auflachen. Ihre Nase war angeschwollen, die Augen rot unterlaufen und das Makeup hoffnungslos verschmiert. Sie sah so furchtbar aus, dass es fast schon wieder komisch war.

Und es stimmt, dachte Phoebe, manchmal kann die Liebe wehtun. Besonders, wenn man eine Hexe ist.

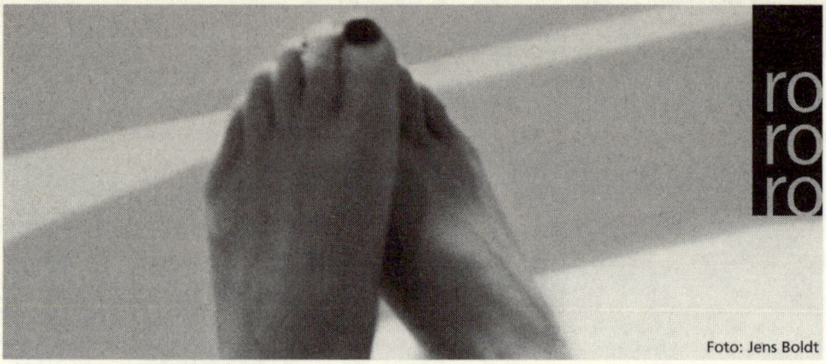

Foto: Jens Boldt

Die weibliche Problemzone heißt Mann!

Kathrin Tsainis
Dreißig Kilo in drei Tagen
Roman
3-499-22925-0
Vicky ist nicht dick, aber sie fühlt sich fett. Sie hätte gern wilden Sex mit ihrem neuen Schwarm, traut sich jedoch nicht, ihn anzumachen. Und eines weiß Vicky ganz genau: Ihr Leben sähe anders aus, wenn ihr Bauch flacher wäre, ihre Beine straffer und ihr Hintern kleiner. Abnehmen ist angesagt. Egal wie. Hauptsache, schnell fünf Kilo runter. Denn dann kommt das Glück von ganz allein. Oder nicht?

Tagediebe
Roman
3-499-23302-9

Christine Eichel
Wenn Frauen zu viel heiraten
Roman
3-499-23369-X

Ildikó von Kürthy
Mondscheintarif
Roman
3-499-22637-5
«Ich musste eine Schlaftablette nehmen, weil Lachzwang mich am Einschlafen hinderte.» (Wolfgang Joop)

3-499-23287-1

Very British: Landschaften der Liebe

Unterhaltung (nicht nur) für Frauen bei rororo

Rosamunde Pilcher
Die Muschelsucher
Roman. 3-499-13180-3

Wintersonne
Roman. 3-499-23212-X

Kitty Ray
Nells geheimer Garten
Roman. 3-499-23238-3
Als die Literaturdozentin Ellis in das kleine Cottage ihrer verstorbenen Großtante Nell zieht, entdeckt sie deren Tagebuch. Es erzählt die Geschichte einer tragischen Liebe und eines großen Geheimnisses. Ein Geheimnis, das Ellis einen Weg in die Zukunft weist.

Die Gabe einer Liebe
Roman. 3-499-22851-3

Rückkehr nach Manor Hall
Roman 3-499-22852-1
«Eine charmante Liebesgeschichte.» (The Times)

Diana Stainforth
Unter den Hügeln von Wales
Roman
Alex Stapleton lebt mit ihrem Mann Robert glücklich in London. Als Robert, ein bekannter Arzt, in Bosnien durch eine Landmine ums Leben kommt, bricht für Alex eine Welt zusammen.

3-499-23436-X

B 38/1

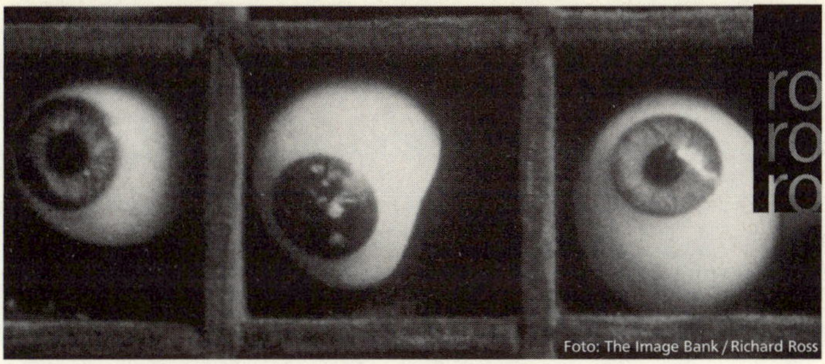
Foto: The Image Bank / Richard Ross

Deutschsprachige Literatur bei rororo

Ecstasy, die Nibelungen und die große weite Welt

Alexa Hennig von Lange
Relax
Roman. 3-499-22494-1
«Relax» ist ein Drogenroman, ein Flug durch ein Wochenende. Und es ist eine Liebesgeschichte: cool und komplett unmoralisch, schreiend komisch und doch wunderbar anrührend. «Alexa Hennig von Lange – die Antwort der Literatur auf die Spice Girls.» (Die Zeit)

Andreas Altmann
Einmal rundherum
Geschichten einer Weltreise
3-499-22931-5

Thommie Bayer
Das Herz ist eine miese Gegend
Roman. 3-499-12766-0

Thor Kunkel
Das Schwarzlicht-Terrarium
3-499-23151-4

Moritz Rinke
Die Trilogie der Verlorenen
Stücke. 3-499-22777-0

Die Nibelungen
Nachwort von Peter von Becker
Rinke ist in seiner Neubearbeitung den Fallstricken der Deutschtümelei mit feiner Ironie entgangen. Seine Fassung vermeidet brachiale Neuinterpretationen, sie besinnt sich vielmehr auf die ursprünglichen Erzählstränge.

3-499-23202-2

Kathrin Tsainis
Tagediebe

«Macht gute Laune und garantiert nicht dick.» Max

Kathrin Tsainis, 1967 in Nürnberg geboren, studierte Psychologie und besuchte die renommierte Hamburger Journalistenschule. Sie arbeitete u. a. für *Brigitte* und *Max*. Mit ihrem Debütroman «Dreißig Kilo in drei Tagen» eroberte die als freie Journalistin und Autorin in Hamburg lebende Tsainis die Herzen ihrer Leser im Sturm.

Die Architektin Juli Blume hat nun wirklich anderes im Kopf, als sich zu verlieben. Sie steckt mitten in den Umzugsvorbereitungen, und bevor es endlich losgeht in Richtung Amsterdam, in ein neues Leben, will sie Freunde und Familie noch so oft wie möglich sehen, die Zeit genießen, Spaß haben. Ganz abgesehen davon ist Juli eine Frau mit Prinzipien, und Männer mit Freundin waren für sie immer tabu. Doch bei ihrem Aushilfsjob in einer Bar lernt sie den Schriftsteller und Gelegenheitsjournalisten Ben kennen. Ein Spiel mit dem Feuer der Gefühle beginnt: Ben hat eine feste Freundin, und Juli ist bald weg. Juli steht vor der Entscheidung: Liebe oder Karriere? Geteilter Mann oder Single? Aber hört der Bauch wirklich auf den Kopf? Eine Liebe mit eingebautem Haltbarkeitsdatum: Jeder Tag zählt.

3-499-23302-9

Foto: The Image Bank / Marc Grimberg

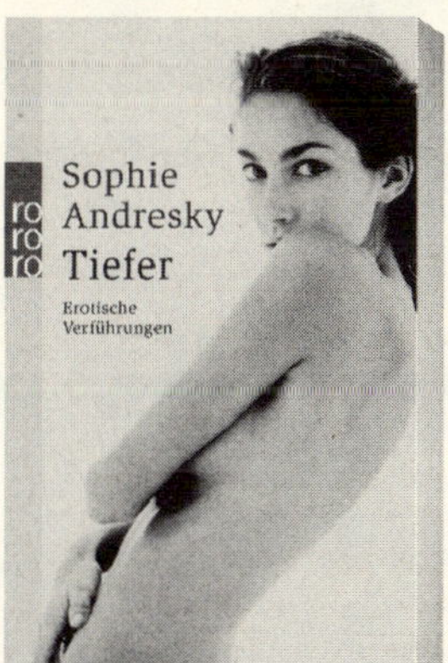